島尾敏雄集

戦後文学エッセイ選10

影書房

島尾敏雄、ミホ夫妻と伸三、マヤ兄妹。名瀬市自宅庭にて。1958年３月（島尾伸三氏提供）

島尾敏雄集　目次

戦後文学エッセイ選10
島尾敏雄集
（第一〇回配本）

栞 No.10

わたしの出会った戦後文学者たち（10）

松本昌次

2007年9月

島尾敏雄さんの三冊のエッセイ集の刊行にかかわったのは、未来社在職中のすでに四〇年以上を距てる一九六〇年代前半のことである。すなわち、『離島の幸福・離島の不幸――名瀬だより』六〇年四月刊、『非超現実主義的な超現実主義の覚え書』六二年六月刊、そして『私の文学遍歴』六六年三月刊である。それらの刊行にまつわることどもについて、それぞれの著書の巻末に書かれた島尾さんご自身の「あとがき」「後書」を引用させていただくことでふりかえってみたい。

＊

『離島の幸福・離島の不幸』あとがき

これはひとつの南島体験の過程の報告書ですから、そのかぎりでの限界と、もし受取ってもらえるなら興味も、そなえているのだと思います。前半の「名瀬だより」ははじめ三回分ばかりのつもりで「新日本文学」編集部のすすめで書きだし、途中でたびたび休息をしながら、どうにかこれだけは、つづけることができました。そのころ原稿の連絡を担当してくださった玉井五一氏にはげまされるところが多かったのですが、同氏はまたそれを未来社の松本昌次氏に手渡してくださったのです。ちょうど小説を断念しなければならない危惧を抱いていた時期に、「名瀬だより」を書くことによって、どうにか現在のところまでつながれてきたような気がします。でも奄美諸島の日本復帰運動のあらましと民謡のことを、はぶくことができないにもかかわらず、準備不足で書くことができずに中絶させてしまいました。「名瀬だより」を書いていたときは、まだほかの奄美の島々を見ておりませんでしたし、手さぐりでの書きつけですから、校正しながら、ずいぶん気になるところが出てきました。奄美諸島のことを書く場合は、五つの大きな島のうちどの島のことかをはっきりさせなければならないと今では思っておりますが、そこのところがいくらか動揺しているのは、そのためです。「名瀬だより」は、名瀬において見聞しながら、くだのぞきした奄美の五大島のうちのひとつの「大島」（ほかの大島と区別するためには「奄美大島」、ほかの奄美の島々と区別するためには「大島本島」というよび方がありますが）のことだと受取っていただいていいのだと思っています。しかし、大島は、ほかの島々を代表できる要素もたくさん含んでおりますから、そこでの考察は、やがてほかの島々への広がりをもっていることも否定できません。第二部には、そのへんのゆれうごきの過程が出てしまいました。現在では私は、大島のほかの四つの島の徳之島も喜界島も沖永良部島も与論島もひととおり見てきましたので、それぞれの島の輪郭をひとつずつ描くことによって、大島との対比の中で琉球弧の北の部分としてのアマミをつかみたいという期待に充たされて居ります。

（中略——口絵及び本文中の写真を提供してくれた、鹿児島市の久保統一氏、名瀬市の吉山重雄氏、河内嘉純氏、L神父への感謝の言葉がしるされている。）

なお、「離島の幸福・離島の不幸」の書名は松本氏の提案を受けました。また遠隔の地ですので、本書ができあがるまで、いちども直接の手つだいができず、多くのめんどうを同氏はじめ編集の方々にかけてしまいました。

＊

島尾さんは、ミホ夫人のこころの病いの療養のため、一九五五年十月、ミホさんの故郷である奄美大島名瀬市に移住した。そして高校教師などを経て鹿児島県職員となり、図書館勤務のかたわら、「新日本文学」一九五七年五月号から翌々年一月号にかけて、「途中でたびたび休息を」とりつつ、「名瀬だより」を連載したのである。

島尾さん夫妻が名瀬市に移住される以前、わたしはお二人にあった記憶はない。しかし、それまでに刊行された島尾さんの著書——『単独旅行者』（真善美社・四八年一〇月）、『格子の眼』（全国書房・四九年三月）、『贋学生』（河出書房・五〇年一二月）、『帰巣者の憂鬱』（みすず書房・五五年三月）、『夢の中での日常』（現代社・五六年九月）などを読み、わたしは深く魅《ひ》かれていた。未来社に入社（五三年四月）以来、第一次戦後派と目《もく》される花田清輝・埴谷雄高・野間宏さんや、「近代文学」に據《よ》る平野謙・本多秋五さんなどのエッセイ集の編集にわたしは主としてかかわってきたが、五〇年代後半から六〇年代はじめにかけて、いわゆる〝戦中派〟と呼ばれた吉本隆明・井上光晴・橋川文三さんなどのエッセイ集・小説集などにかかわりはじめていたのである。そんな折、三一書房の編集部を退き、「新日本文学」の編集部にいた旧友の玉井五一から、「名瀬だより」の単行本化をすすめられたのである。これが島尾さんの三冊のエッセイ集を出版するきっかけとなり、やがて島尾さんご夫妻ともお会いすることができたのである。

しかし、わたしの提案によるこの本の書名は、島尾さんの気に入らなかったようである。七七年一〇月、農山漁村文化協会で再刊された時、書名が原題の『名瀬だより』に戻ったことでもそのことは明らかである。優しい島尾さんは、内心反対だったにも拘らず言い出せなかったにちがいない。わたしの友人たちの間でも、のちに、この書名は、悪評嘖々《さくさく》であった。書名では、次の島尾さんのエッセイ集でも、わたしは突飛な提案をしたのだった。

＊

『非超現実主義的な超現実主義の覚え書』後書

小説を書く準備の、試みのつもりの文章を集めてみました。区切りのはじめを、昭和二十三年の、自分の小説の同人雑誌以外の文芸雑誌への最初の発表のころに置いて、それ以後のほとんどすべてを収めてもらいました。正確に言えば、やはり未来社から出版された南島生活のはじめの報告をまとめた「離島の幸福・離島の不幸」がありますから、これは二度目の試みのための文集になります。どちらも松本昌次氏によって編集されそしてその書名が選ばれました。「非超現実主義的な超現実主義の覚え書」という題名は、この書物にも収めた映画雑誌のために書いた短いエッセイのテーマですが、今ではそれを書いたときの気持をすっかりは思い出せず、或るはじらいが消せません。自分の書いたものの切抜きの中から保留の方にまわして置こうかとふと考えないでもなかったのに、それを清岡卓行氏が或るエッセイの中でとりあげて好意に満ちた意味づけを施してくれたことがありました。そして又ふたたび松本氏がこの試論的雑文の数々を肩代りさせる書名としてそれを選びとってくれました。すべての文章が、記録と記憶の不確かさにかかわらず編年風にならべられたことは私のためらいをなぐさめてくれます。それはいくらか自分の小説の弁疏書としての性格を帯びてくるからだという気がします。南島雑記と東北昔ばなしを、全体の年次からはずして別にまとめたのは、自分の文学の風土を自分に言いきかせたかったからです。

＊

この書名もまた、わたしが提案し、実は、島尾さんの小説の作風に最もふさわしいものと、勝手に思いこんだのである。なんとも長ったらしく、書店などで誰もが口ごもってすらすら発音できない有様で、一部の島尾ファンに少部数迎えられたに過ぎなかった。しかし、それまでに書かれたエッセイ一二九篇を、まさに断簡零墨に至るまで「編年風」に8ポ活字でビッシリつめこみ、貼函入りの当時としてはいささか贅沢な造本だったこの風変りな書名の本は、現在、古書価が比較的高いという。わたしとしても愛着深い一冊だが、それから数年を経て、第三冊目のエッセイ集を刊行させていただくに当っては極めてまともな書名を選んだのである。

＊

『私の文学遍歴』後書

「非超現実主義的な超現実主義の覚え書」以後の雑文を集めた。

ただ、まえとちがって、南島（奄美や沖縄など）についてのそれはすべてのぞいた。その分は別にまとめたかったから。南島生活も十年も越し、いきおいその周辺の雑文がふえてきたわけだ。

この「私の文学遍歴」は、つまり折々の反応のかたちを採っているが、結果として自分のやせた「文学的遍歴」の過渡的側面をあらわにしたことになった。

＊

ここでいう「南島（奄美や沖縄など）についてのそれ」は、同年七月、冬樹社から刊行された『島にて』に収められた。この後、七〇年四月、雑誌「未来」の〝著者に聞く〟という欄で、島尾さんへのインタビュー「琉球弧からの報告」を掲載した。以上が、ほぼ一〇年間にわたった島尾さんとの編集者としてのかかわりであった。

『離島の幸福』を刊行して間もない頃であったと思う。当時、晶文社の編集者だった小野二郎さんとある呑屋で話していた時、小野さんが「今後、島尾敏雄の作品は、わたしが全部頂きますからね」というようなことを言ったのを覚えている。わたしはびっくりしたが、その言葉どおり、小野さんは、間もなく島尾さんの『作品集』全五巻（六一年七月〜六七年七月）の刊行をはじめ、ついには『全集』全一七巻（八〇年五月〜八三年一月）に及んだのである。小野さんは『全集』の完結を見ることなく、無念にも八二年四月、五二歳で急逝したが、島尾敏雄という一作家に賭けた一編集者の思いの深さに、わたしは同業者として心から脱帽のほかなかった。

二年半ほど前、「戦後文学エッセイ選」刊行にあたって、本当に久びさに、名瀬市に住むミホ夫人に電話を入れた。八二年五月、埴谷雄高夫人の一周忌の集いが〝車屋〟本店で開かれ、そこで島尾夫妻にお会いして以来ではなかったか。その席上、六三年のいつごろだったか、長女のマヤさんが、講談社の裏手にあたる東大附属病院分院に入院していたことがあり、退院のさい、名瀬に送る荷物作りをしたことなど、丁重にお礼をいわれたりしたものだった。それから数年後の八六年一一月、島尾さんは六九歳で不意にこの世を去った。

四半世紀を距てての電話だったが、ミホさんはよく覚えていてくれ刊行を喜んでくれたが、しばらく前に亡くなったマヤさんの話になると、「毎日、マヤの写真の前で泣いているのよ」といわれたのである。一瞬、わたしは言葉を失なった。その悲痛なミホさんの電話の声がまだ耳底から離れない今年の三月二五日、こんどは思いもかけず、ミホさんが亡くなったのである。八七歳。もう一冊の島尾さんのエッセイ集をミホさんのお手もとに届けることはかなわなかった。

凡例

一、「戦後文学エッセイ選」全一三巻の巻順は、著者の生年月順とした。従って各巻のナンバーは便宜的なものである。
一、一つの主題で書きつがれた長篇エッセイ・紀行等はのぞき、独立したエッセイのみを収録した。
一、各エッセイの配列は、内容にかかわらず執筆年月日順とした。
一、各エッセイは、全集・著作集等をテキストとしたが、それらに収められていないものは初出紙・誌、単行本等によった。
一、明らかな誤植と思われるものは、これを訂正した。
一、表記法については、各著者の流儀等を尊重して全体の統一などははかっていない。但し、文中の引用文などを除き、すべて現代仮名遣い、新字体とした。
一、今日から見て不適切と思われる表現については、本書の性質上また時代背景等を考慮してそのままとした。
一、巻末に各エッセイの「初出一覧」及び「著書一覧」を付した。
一、全一三巻の編集方針、各巻ごとのテキスト等については、同じく巻末の「編集のことば」及び「付記」を参看されたい。

カバー＝島尾敏雄『死の棘』（講談社・一九六〇年一〇月刊）貼函（装丁＝駒井哲郎）

島尾敏雄集

戦後文学エッセイ選　10

偏　倚

まだよくかたまらない意見だが書いてみよう。それは日本歴史の見方にかかわることだけれど、実証の学問を通したわけではないから、いわば体感のようなものだ。私は東北出身の者だが、かねがね奄美に住んでいて、その土地と人々にしだいに深くひきずりこまれて行く自分を感ずる。その理由はひとくちにはとても言いあらわせない。そうしようとすると、つかまえたと思った実体は、手のひらから逃げて行ってしまう。もっとも長く住めば住むほどその土地と人々への感受がにぶくなることもあるが、このごろ奄美のことを語ろうとすると、口に重いくさりを引きずる思いがする。しかしそれは個々のこまかな実証の領域にふみこんだ時に起こる反応であって、その基本的な方向についての大まかな理由は、こうも言うことができようか。それは日本歴史の中でなぜ奄美を欠落させ、その研究をなおざりにしてきたかという事実に対しての疑問と鬱屈だ。それは沖縄、先島の方にもあてはまる。日本歴史研究者の目の位置は低過ぎるのではないか。たとえば日本民族の中に二つの政府があった時代を（本土には京都や江戸に、そして琉球には首里に）、どうして総体的に若しくは地球世界的にとらえようとはしないのか。いつも奄美や沖縄や先島を黒潮のかなたにかすませて置くのか。また、たとえば明治一新後百年の歴史を、どうして西南雄藩の立場を表立たせてしか見ようとしないのか。ネガの部分として東北諸藩のその百年が、日本歴史と無関係なはずがないではないか。仮にその百年にかぎってみても、中央政権に遠い場所で生活せざるを得なかった地方のあることをしっかり視野に据え置かなければ、ひよわな回顧に終わってしまうことはわかっている。独立政権を持っていた琉球や、まつろわぬ蝦夷地の東北が、日本歴史の展開にどれほども役立たなかった異域だなどと考えることができることではない。奄美や沖縄などと無縁な薩摩藩を想像しただけでもその貧血の状況は、現在端緒についたばかりの不充分な奄美研究の結果を待つまでもなくあきらかなことだ。私たちの住む日本の島々はせまく小さいが、それにしても、それを眺める目の位置は、もう少し高い場所に持ちあげられてもいいのではないか。つまるところ私には政治の裏がわに廻らざるを得なかった地方とその人々に、強くひかれるかたむきをかかえ持っているのであろうか。

滑稽な位置から

「ちっぽけなアヴァンチュール」を何べんも読み返してみる。つまり私はこの中に何が書いてあるのか、又何を書くつもりだったのかを、はっきり知ろうと思うからだ。これは私が書いた小説だが、私自身この小説に対して偏見を持ち始めているので、このような文章を書く為にも、また何度も読んでみなければならない。

先ず意気込んで読んだ私は微温湯に浸けられているもどかしさを感じているのを知る。私に馴染みの従ってそれは羞恥の感じにつながった見覚えの言葉のかけらが、私に此の小説に骨格があるのかないのかを摑みとる機能をにぶらせているようであった。この小説はもう私に、まま子のような気持さえ与え始めている。

この小説を書く時の私は、ひそやかな抗議があった筈だ。それは明確に、一先ず抗議の形で向うべき、敵と敵の居場所が分っていたとは言えないかも知れない。然し少く共私にとっての敵（ひょっとしたら、この小説に於いて必ずしも、それに明確な概念があらわに与えられているという形では示されなかったかも分らない。然し、私が敵と呼んでいるものは存在しなければならない）に対しての憎悪があった。然しその敵に対して、はっきり侮蔑の言葉をはきかけることは、敗北を意味する。それは敵の方法を踏襲することであって、私には我慢がならないことだ。(ここの所は少し飛躍しているが、今の私には充分説明出来ないし、実はそれは小説に於て果すことが私のしごとのようである。つまり私には私の方法があるわけなのだ)。その敵がこの小説の中でどこに逃げ込んでしまったのだろう。

読者にはその敵が伏せられている。(勿論、読者の多くはそれ程の関心を以て島尾の小説など読んでいる訳ではない)。恐らくは、敵が伏せられている形式の小説だということにも気づかずに、先ずともかくも終りまで読み通せたのだろう。それは何故か。読者を案内して行くような筆使いが、何となく、やがてはむごくあからさまな犯罪現場若しくは軽犯罪現場に連れて行って呉れるのではないかという一寸した期待を持たせているのであろう。それで読み終る。何にも書いてないじゃないか!

私は「新日本文学」から小説を書かないかという書信を貰った時の心のさわぎを思い起す。それは私にとっては不意打ちのことであった。その為に、無知から来る臆病とそして放胆とが私の気持をひどくさわがせた。愈々私は人前に引きずり出されて「さらしもの」にされるのであろうか。それは私が、ビューローには近づかない、と呼んでいる所の気持から派生した妄想であるかも知れない。然しその時そのように感じたのであった。そして多くの軽蔑と嘲笑の声を耳底で作り上げさえした。

然し私は書こう。その場に私の立派らしい姿を、ではなしに、みじめな姿を立たせることが必要なのだ。そして若し望めるならば、自分の言葉を失わないようにすること。私の勤務先の会議などでいつも経験することなのだが、そこで使われる言葉が奇妙に規格型になってしまっていること、それと同じ事情が若し自分の小説の言葉の中に現われたとしたら、赦せないことだ。私は地方都市に居住している為に、例えば「新日本文学」という雑誌を必要以上に透明にみていたのかも知れなく、ただ私のにごっている小説は多分筆誅を加えられるだろうと漠然と考えていた所であった。その「新日本文学」に私の小説が載るかも知れないという考えは私にとって一つの試験であった。その時まで私はそのような場合を充分考えてはいなかった。然し先ず書くことだ。そしてその為には充分手綱を引きしめなければならないということは、つまり「新日本文学」風な言葉の使い方が私の小説にまざって来たとしたら、みじめなことになる。ということは、「新日本文学」風な言葉使いがありそうだということを漠然と考えていたことでもあろう。私が若し「新日本文学」に掲載する為に、会議で使ってみたこともないような言葉をふと使ってしまうと同じように、急に「新日本文学」らしい言葉使いをまぜて使い出したとしたら、みじめなことだ。そのことの警戒に充分留意するとして、その時私は多少浮上っている自分の眼の位置を感じない訳にはいかなかった。

自分の浮上りを感じ取ったことは、自分の手の届かぬもどかしさで悲しみであったが、それに気がつかずに閉鎖されていることに比べれば、どれ程よいことか知れなかったことだ。私はその浮上りをなくすことに努力する方向に気がつくからだ。ただし、どんなに小さい落差であっても跳び越え度くはない。それは一歩一歩歩いて埋められなければならない。その工作の為には望洋の歎きにどれ程かつき落されるとしても、又たとえば落伍したように見えて野たれ死ぬようなことになることを予想しなければならないかも知れなくても、その場合でも恐怖に浸りながらも跳び越えることは中止したいことなのだ。

私の周囲を離れて私の小説書きの場所はないように思えるという考えに私は今とらわれている。その私の周囲が狭く限定されていることは多分宿命であった。然し私が限定された過去をしかもたなかったことは、悲しむべき事柄に属したとしても、私としては、そこから色々なものを引き出す以外に考えられない。悲哀をこめて、墓掘り人夫たろう。つまり墓掘り人夫を多分否定的に充分燃焼することが出来る為に、又はっきり墓掘り人夫であることを敵の為にも造型して置くことが出来る為に、そういう考えに自分を限定するというういわば自分の才能の壁につき当っているという考えにとらわれている。然し私の小説に下される裁断は予期出来たし、やはり、おそろしいことであった。

私はあまりに雑誌の性格を意識した為に、却って言葉の柔軟さを失ったとさえ思える個所を生じたことだ。殊更に自分の身体を固くした為に、言葉をもいでしまって、舌足らずにしてしまった所がある。それに又避け過ぎたその揚句却って避けた所に落ち込んだ言葉もある。その上に小説の出来栄えが未熟であれば、疑い深い言い方をすれば、もの欲しげなまっ白い神経だけが、醜くアルコール漬にされて見世物に陳列されることになる。

私は原稿をつき返されるかも分らないと思った。結果は受理された。私はそのように屈折した心の状態でこの「ちっぽけなアヴァンチュール」という小説を書いたのだけれど、書き上げてしまえば、その巧拙は別として、もう私の手の届かない所で、一人で歩き出しているような所があることは、私にとってもへんなことで、その辺の事情には私にも分らない未知の領分がある。ただ受理されたことで、私の小説の一種の幅とそして「新日本文学」の一種の幅とを感ずると同時に、その両方のあいまいさと巧智をも感じながら尚又敢えて言うならば、私の閉鎖的な姿勢に、明りと勇気とが、ささやかにとぼされたようにも思ったりしたのであった。

　やがて五月号が発表された。それを手にした時に私は自分が田舎者であるという経験を味わった。あのように押えつけた表現の中ででも、やはり浮上って物ほしげな表情をつけた表現の言葉が、明らかにとけきれないであちこちに残っていることが悔やまれた。それは私の羞恥心をかきたて、ふと私自身の不潔さが伺われるものでさえあった。そしてそこにはっきり私の未熟さが露呈されていることを覚った。このことは、私には比較的新鮮な経験であったが、それは、やはり私が「新日本文学」という雑誌に抱いている過剰な気の廻しの為かも分らない様子もあったように見える。然しとにかくそれで私はさっぱりもしていた。逃げかくれ出来ないでピンでとめられていたのだから。その号の自分のものと他の文章を熱心な興味を以て読み、私の文章の表情が停滞の気分を濃く持っていることも気にかかった。之は一寸意外であった。もともとそういう指摘には馴れているのではあるが、私としてはひそかに、積極的に動き出した気分の中で、大へん爽やかに書いたつもりであった。勿論筆使いは充分抑制したのだけれど。然しこの雑誌の他の文章と対比して読んだ時に、之を書いた時の姿勢と逆のものが淀んでいるようにさえ私にすら思えたのであった。そういう経験は私としては貴重であった。結果として、「新日本文学」という雑誌に自分の小説が掲載されることによって、不消化のものを自分でピンセットでつまみとるように見つけることが出来たと思えた。それは疑心暗鬼というものであったかも知れないが、少なく共私自身にとっての葛藤は一応終った。跳ばないことはいいとしても、急速に距離をちぢめなければならない。その為にしては、この小説は、少し気負った言い方をすれば、私にとっては既に形骸に等しい。ただ報いはまともに受けなければならないだろう。ただそれに対抗出来る何かがあるとすれば、恐らく色々な欠点を持ちながらも、自分の言葉で自分の考えを跡づけようと努力したことにあると思いたかった。それがたとえ墓掘り人夫のような姿勢であったとしても。そして報いはあやまたずにやって来たというべきであった。

度々の「ちっぽけなアヴァンチュール」にふれた文章を読む度に、私は顔を赤らめる側面も持った。（馬鹿正直に打ちあけるならば被虐的な陶酔もなかったとは言えない。）「ちっぽけな」と形容した時の気持には、私は自分の中の「近代」に得意な顔付があった訳なのだが、それが白昼人前で大声で叫ばれてみると、どんなに舌足らずな甘えの調子を含んでいるかということがまざまざとさらけ出されたことか。然し「ちっぽけな」という形容詞は私の思惑など無視して繰返して引用された。傷の上をごしごしこすられるようにも思えた。やがて、「ちっぽけなアヴァンチュール」は「小さな」それになり、「オドオドした」それになり、また全部の名前で呼ばれないで、「ちっぽけな」とか「アヴァンチュール」とか又は「アバンチュール」という風なぶった切られた言い方や換え字された言い方で言われることもあった。すると私が、「ちっぽけ」とか「アヴァ」とか姿勢を斜めにした表現を選んだことが、ふき出したいことに思えたりした。それは少し奇妙なことであり、もう私の書いた小説ではないようにさえ思えるのに、「ちっぽけなアヴァンチュール」という題名はこそこそとして滑稽であり、それを耳にすると私はどきっとして顔を赤らめた。つまり私自身でさえ、「ちっぽけなアヴァンチュール」に偏見を持ち始めたのであった。そしてそういう時私はそこに何を書いたのであったか忘れてしまっていたのだ。

然し私は自戒しなければなるまい。何も私の小説が、作品自体とりあげて批判を加えられていたのて居ずまいを正している小心者の姿が、そこにあった、のだったろうか。

ではなかった。ただ「ちっぽけなアヴァンチュール」という名前が、浮上って何かに引っかけられて引用されていた。それは当の小説にとってはみじめなことであった。まともに対手にされたのではないから、どちらに顔を向けようもないようにも思えた。自分の名前が人々の口にのぼる度に、あわて居ずまいを正している小心者の姿が、そこにあった、のだったろうか。

中野重治氏や久保田正文氏の「ちっぽけなアヴァンチュール」についての文章を私はどう読むべきだろう。私の小説までが引き合いに出されている当の論争自体について、私は無知であると言わなければならない。その無知の上で組建てられたこの私の小文がひどく間の抜けたものになっていることも致し方あるまい。そして私としては、現在のとらわれた考えの下で、小説が批判されている部分をのみ強く読みとるということになっているわけである。その小説は、小型であることと然しある方向は向いているということ。そのことをこの小説について読みとると、それに関するそれらの批判の中に私は雪屁のようなものを感じ、又一方自分の小説がそのように丹念に読まれたという新鮮な経験も知る。へんな具合だ。雪庇と言ったのは、やはり読みとられ過ぎているのではないかという感じであり、それはやがて解けてどさっと落ちてしまうこともあるという感じ。私自身果して何を書こうとしたのか。必要なことは私自身何を書いたのかをよく読み返して見つけ出さなければならない。（それは逆だと言われるかも知れないが、私にとっては、書いてから形骸を理窟づけてみるというやり方をとっているようにも思う。）中野重治氏や久保田正文氏によって標本箱に納められた「ちっぽけなアヴァンチュール」はその為の不自由さも必然的に頂戴しなければならないようにも思える。他の人たちがそれを納めようとした標本箱もちょっと誘惑的であったということも否定出来ない。私は読返して、自分自身で見つけるものを見つけなければならない。例えば山室静氏の指摘したようなもっと腐敗した要素を摘出することになるかも分らない。そして今言えることの一つは、私ですらこれに偏見を抱き始めた、ちっぽけなアヴァンチュールではなく、私が書きたかったのは、インゲという少女のことだったのだと、ふと確信を持った瞬間があったということである。ただ副次的な位置でさらされていることは、滑稽であり、笑うべきことではあるが、然しそれは私の存在につながって居り私自身で背負うべきことなのである。

舟橋聖一小論

沈黙は金、という方法がかつて私の金科玉条であった。沈黙という意味は、こういう文章は書かないというほどのことだ。読者のつきそうもない小説を書くことに手一ぱいで、まいまいつぶりのようになっていること。どっちみち自分の甲羅だけのことしか暴露に及べないとすると、黙っているにしくはない。

しかしそれは概ね守り通せない。例えばたちまちにして斯くの如き文章を書いてしまうのだから。その結果、舟橋聖一の夜とでも言うべき幾日かを持つことになった。

結局は舟橋聖一氏の影響というようなことに興味が向けられなければならないのだろう。ところで私は氏のかなり数多い作品の前で、じだんだをふんだり癇癪を起してみたりすることが出来るわけだが、同時に又次第にその作品の世界に囚われ始めていることにも気がつく。読む作品の数を重ねて行くに従って、私の中に於ける舟橋聖一の領分は広がり、広がるはしからまた、広がって行くことに対する拒否の姿勢を作り始める。その拒否している自分の姿は一個の戯画のようにも思える。影響ということについては今すぐには答が出そうにもない。

さてその諸作品を読んでいて、私の気分を彩色しているのは、一種のうっとうしさである。だからそのうっとうしさをつきとめることが出来れば、批評風な文章の形がととのうかも知れないが、うっとうしさを感ずる私の方は、それがけだものの勘のようなものでしかないかも分らないし、或いは若干の病巣を持っていないとも言えないから、一般的な言葉で語ることの出来る筋道が現われにくい。どもり勝ちの口つきで言ってみれば、うっとうしさを感ずる原因は、それらの作品を支える作者の形式をふまえたみじろぎの無さにある。それはむしろ作家にとって光栄となる条件なのに、私の場合うっとうしさを感ずるというのはどういうことであろうか。

先ず、「悉皆屋康吉」について考えてみよう。

実の所「悉皆屋康吉」は氏の作品の中で流れ去った時のあとに尚かつ私の眼底に残って傍を離れようとしない作品である。

康吉が生活と格闘する場面は、先輩番頭や主家のおかみ、二度目の主人市五郎、そしてその娘でのちに康吉の妻になるお喜多等の仕打が責道具のようにそろっている場所であり、それらのかつて安定していた世間の仕打の前で、康吉は懐疑少なくまともに立ち向ってわななき屈辱を押え己をせめ発憤努力し発明して、逆に相手の場所にのし上って行く。そこに一人の成功者の立身出世の人間苦が惻隠の情で包まれ、しのび込んで来る。それらの外部からの仕打の数々は康吉にとって、教養を兼ね備えて一人前の親方となるためには必要不可欠の条件であって、そのような条件若しくは環境に、型を外して、素人風に、立向って行くことは考えられない。そういう方法ではこの小説は成立たない。幾種類もある微妙なお納戸の色のことで先輩番頭にこっぴどくやっつけられ、それを又型にきまって受けとめる場面は感動を誘うし、それらのことをぴしりと書きこなす作者の態度にはゆるぎがなく、素人風な手のうちを微塵も感じさせない。悉皆屋ふぜいの物腰が行間に行亙り、そのことがむしろ悉皆屋という職業を越えた一般の人間生活への共感の場所に導いてくれる。

私が舟橋氏の作品に向う場合、ただ一作だけがたまたま歳月の淘汰を免れて流布しているというような事情にはないから、「悉皆屋康吉」を読みながら他のあまたの舟橋氏の作品のことを思うと同時に、他の作品に向っても私の頭の中には「悉皆屋康吉」がしっかり食い込んでいる。私としては「悉皆屋康吉」の中に舟橋氏の文学の鍵の総てが封じ込められてあるのだと思いたがり、その中で均衡のとれていることが、他の作品では、誇張されるか放恣になっているか時には不親切に表現されるために、均衡を失いその場合作品に荒っぽさが出て来るのだろうと思っている。

但し、読み終っては破綻なく緊密なエネルギーを内包していると感ずる「悉皆屋康吉」にも、それを読みつつある時には、無数に立ちはだかる権威で頭がつかえるようなうっとうしい世界で主人公の康吉につき合ってこづき廻されるのはやりきれないという感じが覆えない。残るのは、身内を通りぬける解放感ではなく一種の肩のこりだ。

そして無理やりに「悉皆屋康吉」の中から、むしろ讃嘆しなければならないとも思える、形式をふまえたみじろぎ無さ、というようなことを引張り出してみるわけだ。被害妄想をして言えば、世間は形式を喜びそれを背負ってこわい眼をして襲いかかって来るのに重なって、「悉皆屋康吉」もそのようにゆるぎなく世間にしっかり根を張っている。読者の錯覚で、仮に私自身康吉の立場にほおり出されたとしたら、まるで破産的様相を帯びるだろうという恐れがあるのである。

他の作品に眼を向けよう。つまり他の作品では、形式のふまえ方に、それがなめらかになされればなされる程、すきま風のはいってくることが感じられるのである。芸者歌舞伎相撲などの世界では、ずぶの素人風につっかかって行くことが寒くなるようなしきたりと形式のあることが予想され、そして舟橋氏はそれをふまえているし、作品の中の人物たちもそのふまえのあやの上に築かれている。そこに伝統的な芸の安定感を言うことも勿論差支えない。耽美というような言葉に郷愁を覚える時に或いは舟橋氏の作品を漁る気持を起すということにもなる。(但し誨淫の書として、ひそかに楽しみ期待をかけるという読み方は恐らくあやまりであった。もっと悪いことをもっと悪いことを、と貪婪に求めて行くと、背負投げをくわされる。もっと悪いことを、という気持の底には、新しいモラルを、という要求がひそんでいるわけだが、氏の作品はそういう場所へは誘ってくれない)。

「芸者小夏」を考えてみよう。

読者である私は、芸者の小夏の周りだけにぎらぎらと照明のあてられていることに窮屈な思いをする。そこでくり広げられる様式の美しさはふと身を捨ててこそ浮ぶ瀬もあれというような気持、或いは思わず女体の深淵をのぞかせられて恍惚となりつつ好色の戒めを会得したような気持になることがありながら、そこに男が登場して来た時に、とたんに新派じみた現実が現出して、白々しさに引き戻されてしまう。何かしらうっとうしいわくがあって、気持のしこりをときほぐすためには、そのわくがつかえて仕方がない。わくの中に於いてのみ、形式のふまえ方がどっしりとみじろがない、というふうに感じられるのである。

と言って、たとえば作品の内容がわくをはみ出た場所に折角広がった場合でも、うそうそした感じが先に立ってしまうのは何故か。

それは小説製作の秘密とも言えよう。或いは筆の根もとがしっかりし過ぎているからではないかと思ったり、含羞が見あたらないからだと思ったりしてみる。作品に例をとると、その意味で「雪夫人絵図」はまばゆ過ぎる。「木石」「鵞毛」は力がこもっていて、わくの外に動く気配が感じられるが、むしろそのわくの外への気配のために、わずかな瑕瑾が出来てしまった具合にも思われて、胸の中にどっしり落着いた位置を占めてくれない。私には「川音」「山芸者」の肌ざわりのごつごつした、少し逆説めくがむしろわくうちの出来事に止めたものの方が印象はきめ細かく、落着いてくれる。余韻は却って自由にのび広がっている。それは「悉皆屋康吉」の部厚な味にも通うものだ。それは何故だろう。「悉皆屋康吉」があの戦争の時代の恐るべき鬱屈の中でこしらえ上げられたということは意味が深いし、「山芸者」の環境が交通不便な田舎温泉であるということも面白い暗合だ。

舟橋氏にはひょっとして都会人のもつアマノジャクやスノブ嫌いという虫がすくっていて、それが作品の中に屈折しておさえこめられるために、或る面で、その作品鑑賞を難解なものにしているのではないか。広く読まれそして論じられる所は実は作者の隠れ簔の外の虚妄の部分ではないか。恐らく誤解で取り巻かれているのではないか。

ただ体質としての痼癖が時々作品の中で地声を出すと、それは一層誤解の種になり、作品の疵になる。「毒」に見られる一種の居直りの姿勢がそれで、痼癖が毒つく対象を見つけて（それは敗戦直後の幻影であったと思えるが）押え難く奔出し、その場合にも例の気質的な虫が働いていながら、何かの理由で抑制がなくなり、眼の位置が低徊し、その蠱毒はにごってむしろ再び作者自身の体内深く戻って行ったかのように読んだ。しかしこの対象にくっついた眼の位置（或いは見せかけの低さとでも言うべき表現のからくり）は、或る場合作品に効果的に結果することのあることも見落とせないのだが。

初期の記念的な作品「ダイヴィング」は、舟橋氏の作品を考える時に甚だ暗示的だ。作品としては、不安定のように思うが、のちの作品への動きをはらんでいるといえよう。「新しい世界へ、砂代をスプリングボードにしてダイヴィングのように」といくらか軽い調子で社会へ出て行こうとした姿勢は、十年程もたって「悉皆屋康吉」に於いて、はっきりその意味を明確に充塡し、全貌を現わしたと言える。そこで始めて生活の中で女をスプリングボードにして成長して行く男の姿が、充実した細部を伴って描かれている。

そして読者の気ままを許して貰えるならば、康吉の夫婦生活の、その後の危機の部分が、「悉皆屋康吉」と同じ密度で書かれることが待たれるのである。舟橋氏の作品の一つの傾向であるお妾の主題は、或いはその瀬ぶみであるのかも知れない。そして又、芸者の小夏が閉ざされた玄人のしきたりの世界からぬけ出て来て、素人としての問題にぶつかる場所も、お妾という場所であった。そこで、氏の方法の眼が広くならざるを得ないわけだ。その場所へは、芸者風の玄人芸では処理出来ない雑多な現実が、どっとばかり押しよせて来る。女との愛情という問題に限ってみても、その藪知らずの場所にふみ込んで、つかみ出してくれるモラルに読者は渇いていると言っていい。

跳び越えなければ！

くいなは飛ばずに全路を歩いて来る、というどこかで読み覚えた文句を私は長いこと口ずさんでいたものだ。くいながどんなものか知らないが、とぶことが困難になった小さな翼をせなかに持って、よたよた全路を歩いて来る、というふうなイメージがひとりでに出来上り、それがちょっと気に入った。

自分をくいなになぞらえて、近所のどぶ川に沿って歩いてみたこともある。先ず自分の家の下水の行方を追って、次第に町外れを流れる小川の方に出て行った。とび越さないで、いこじに流れに沿って行くと、私はへんな現象をいくつも見かけた。先ず下水のどぶ川が小川の方に近づいたので、てっきりその小川に流れ込むと思ったところが、小川のどてっ腹二メートルばかりの手前で急に折れて反対の方に向きを変えてしまったことだ。これは私の眼にひどく不可解なことに写った。そのどぶ川は遠回りをしながら結局はその小川に流込んでいたのに。又大川や海の方へ流れる小川が、ある場所で分岐点を形造っていた。私の考えでは二股に分れてどちらも海の方へ流れているものと思った。しかしそれの一つは、その源流を海や大川の方に持ちながら逆流して来てこの小川に突きささっていた。

そのために分岐点は卍巴になっていた。わざわざ長い道のりを後もどりして来て、いくらか場所を変えた流れに乗り換えて、結局はもとの近くの大川にもどり海にはいって行くというような迂路をたどっていた。

私は一層、くいなは飛ばずに全路を歩いて来る、ということばを好んだ。それは長いことそうであった。私の臆病な性癖と、中途半端な環境がそれを支えた。私の過去の二つの事件における私の位置が、中途半端な環境を象徴的に表わしている。関東震災の時私は病気療養のために横浜の居住地を離れていて被害者となることができなかった。今度の戦争では、私は将校を選び、特攻隊長となったが、出撃もせず、戦闘の経験も無く無傷で生き残った。

私は長いこと、それがどんなことであるかに気付かなかった。幾重もの特権生活が眼を曇らせてしまった。戦争の台風の眼が私をよけて通り過ぎた。私は気分として、くいなは飛ばずに全路を歩いて来る、とひとりごちて孤独な顔付をしてみせた。毒は全身に回っていたのだ。

自分は小説を書く必然的な立場が無いと、何となく思っていた時、私は本能的に、私の本質的な欠陥に気付いていたのかも知れない。何が突然やって来るかも知れない、ということは生きることをはげまして呉れる。

ある日私は自分の屍臭をかいだ。それを屍臭だと思いたくはなかった。屍臭と思うことは、裏切りだというようななやましい考えにとりつかれた。自分のいこじな過去に対する裏切りは、私自身をおびやかせた。しかし私のくいなきどりは全路をとばずに歩いて来るのではなく、どこか勘違いしている。どぶ川は跳び越えなければ！　私はこのところ全く停滞の網の中に居て、鶏のようにきょろきょろ出口をさがしていた。これは屍臭だと認めた時、私の過去の小説、すなわち「単独旅行者」「夢の中での日常」「徳之島航海記」以降一つの長篇と三十二の短篇の道程が死者の書への傾斜であることが分った。いや「未遂の死者の書」であることが。

私の眼を閉ざしていたもの。それが何であるかは今自分に分らない。

ただ私は自分の目付が変ったと思い、それを維持することに直面している。私の理性は私の小説家としての資格を否定しているが、今からだって何がやって来るか知れたものではない！　実の所自分の小説なんぞどうでもいいと思ったりもする。過去を思うと慄然とする。と言って将来とても同じことだが、こそこそする必要はないという所に来た。こそこそした過去の作品。その罪障と共に、私は生者の書を書くことに成功したい。と言ったところでこいつは自分にとっての呪文のようなものだ。はっきりとひとに分ってもらうには、もっと犠牲が必要だ。

「沖縄」の意味するもの

ぼくが沖縄に気持がひかれるのは、なぜだろうということを反省しないわけにはいかない。それはぼくがいかに沖縄の自然と人とに気持を寄せてみたところで、ぼくが沖縄生れでないという事実は、一まず決定的なことだと考えないわけにはいかないから。

ふり返ってみるならば、ぼくが沖縄に心ひかれはじめてから、幾多の歳月が流れた。

たとえそのはじまりが少年の時に読んだ馬琴の「椿説弓張月」というような誇張されたつくりごとであったにしても、そのときの異様な興奮を忘れることはできない。それはどれ程か幼稚な理解であったことか。しかし、ぼくが興奮したのは、ちっぽけなこの日本の国のなかに、やっと辛うじて見出すことのできた、何かわくわくするような桃源境の気配を感じたからに外ならない。

この日本の国の、眠くなるような自然と人間の歴史の単一さには、絶望的な毒素が含まれている。

桃源境などといえば誤解を招くが、ぼくがいいたいのは、もうわれわれには見失われてしまった「生命のおどろきに対するみずみずしい感覚」をまだうそのように残している島が、この不毛の列島の中に残っていたということだ。

日本国中どこを歩いても、同じような顔付と、ちょっと耳を傾ければすぐ分ってしまうような一本調子の言葉しか、ないということは、すべてのものを停滞させ腐らせてしまわずにおかない。そこでは鉄面皮なおせっかいと人々をおさえつけることだけが幅をきかす。おそろしく不愉快なひとりよがりと排他根性。違ったものがぶつかり合って、お互いに骨を太くし、豊かな肉をつけるという張合から、われわれは見離されていた。いや沖縄を再発見するまでは。長い間沖縄は薩摩の介在であいまいにされていた。

ある日、民芸品をあつかう眼付で沖縄が見直された。大和の人は物ほしそうに沖縄を見物に出かけて行った。そしてそこで、野放しにされている、感情の豊かな（というのは生活に裏打ちされたといってもいい）芸術品と、島の人々がおしげもなく使う典雅な古脈を伝えたと覚しい言葉を見出した。旅行者は、それらが保護されずに亡びゆくにまかせられていることをなげいた。沖縄の人々はもっと自分の郷土に自信と愛着を持たなければならないと教誡した。しかし不思議なことに（実は当然のことなのだが）地元の人々はその呼声に不快な顔付をした。大和の人は多分感謝されると思っていたのに、好意がそのまま受入れられないことに腹をたてた。しかしこれはどこか筋が違っているのではないかと思わせるものを含んでいたのだ。

その大和の人たちの好意の中に、相変らず沖縄を腐らせてしまう要素を決して除こうとしていない部分の残っていることを、沖縄の人たちは本能的にかぎつけることができたのだ。

たとえば、あの沖縄民芸品展覧会というような場所にいってみるといい。

そこには「おきなわ」などありはしない。ぬけがらがあるだけだ。沖縄の民謡と踊りが人寄せにつけ加えられるかも知れないが、それはとりすました会場の雰囲気に骨抜きにされたものだ。やがて踊りがたけなわになって、あの毛遊《モウ》び風の乱調子になり鳩吹き口笛をならして沖縄の人々が乱舞し始めれば、大和人はぽかんと取り残されてしまう。沖縄の人たちの間に緊密な親和感がみなぎり、不運であった歴史に対する反逆が凝集されるのだ。たとえばの話だが、沖縄民芸品を茶人のように身につけて、アメリカ風に着飾らせた子供たちにママと呼ばせている大和の奥さんたちは、ほんとのところ沖縄とは無縁ではないのか。彼女たちが別のところで、こんなふうにいったとしても、もともと矛盾ではない。彼女たちにとって、沖縄民芸品は宙に架っている装飾品だから。「あの人、沖縄の人ですってねえ。そういえば、どうりで言葉もどこかおかしいし、顔付もちょっと違っているようね」

ぼくが思うに、われわれは沖縄をそのようにしか感ずることができないという泥沼を周囲にめぐらし持っている。沖縄への関心などというものは（たとえば踊りとか蛇皮線とか歌とか言葉に対して持つ一種のエキゾティシズム）大なり小なりこの窮屈なわくから脱れることができない。精神の安易な部分がそれと結託する。いや何もぼくはそれらの現象を非難しているのではない。それらはもっともっと商魂たくましく宣伝普及すべきだ。沖縄情緒は、商品として大和を完全に圧倒すべきだ。今のところその手しか残されていないと絶望的に肯定するわけだが、がまんがならないのは、鹿児島人は島ン衆を仲間から外ずし、するとその大島人は那覇人を、そしてナファンチュは糸満、久高人を、というように、順おくりに下ざまに見ていく無意味な悪循環が、ぼくたちを窒息させていることだ。

沖縄の存在が、心をのびやかに開けてくれているということ（日本を多様にしている）をぼくは考える。言葉の通じない素晴らしい場所がわが国の中に確かにある、ということは、普通人々が考えている以上に（いや人々はほとんど気付いていていないが）歴史の停滞を救って新鮮にする重要な要素であることだ。そのことに気付かねばならぬ。

われわれを、過去において（そして実は現在もなおその要素を含んでいることを強調したいのだが）西の方の世界につないでいたものがあるとすれば、それはポルトガル人らによってゴーレス人とかレキオス人と呼ばれて南海にふくれでて行った沖縄の人たちこそ、それであった。

われわれはいつわりの多い官公文書を資料にした歴史だけが歴史なのだと思い込んでいるようなところがある。沖縄が新鮮な血液をいつも下積みの状態で日本の歴史に注入していた隠れた底の事実を、ひとつひとつ点検して確認すべきだ。

ぼくは沖縄に生れなかったことを後悔しているといってもいい。偶然がぼくを沖縄に近寄らせなかっただけなのだが（戦争だとか軍の機密だとか旅券だとかいう、そういう一群のけちくさい理由に、ぼくがつき当ったことが仮に偶然だとして）ぼくはせめて自分の子供に奄美大島人の血液を混入しえたことに満足しよう。いわばぼくは、半ば同じ被害者（いささか文学的過ぎるこういう言い廻しを許してほしいが）の地位を獲得した。（ぼくは妻の先祖が沖縄から移住してきたという言い伝えを信じているし、もともと奄美大島の諸島は沖縄三十六島として形成された事情もあるのだから。）

しかしやがてぼくは、東京の町なかできいた島のなまりがなつかしく、話しかけても、話しかけられた対手がなかなかその素性をあかしてくれない、という現実にまともにぶつかった。それはそれだけの苛酷な世間の表情が存在しているという事実があった。南島の人たちがその出生をあからさまにしたがらない理由は従って生ずる。つかまえ所のないエアポケットのような場所での大和の人のひそひそ話をする声がきこえてくるからだ。

たとえば籍を東京に移してしまったり、大島の人ならば鹿児島県人だと返事をしたりすることは常識となっている。(もちろん、行政上大島は鹿児島県に違いないが。大島人は、与《アタエ》だとか福《フク》だとか喜《キ》、計《ハカリ》、徳《トク》などという一字苗字をかくそうとして(それは封建の時代に薩摩藩の恣意で強制的にそうさせられたのであるが)戸籍届をするときに名前の上に一字余分の字をくっつけてだす方法を会得した。(たとえば福という家に男の子が生れて利夫という名前をつけたとしたら、「田利夫」と届出して置けば、少くとも綴字の上で、その男の子は福田・利夫になることができる。しかし女の子は嫁に行き苗字が変るからその方法がとれないために同じきょうだいで兄は福田、妹は福、と違った苗字で呼ばれるようなことが大島の小学校では珍らしくない。)これは何というユーモラスな抵抗だろう。ぼくたちが伝統的な考え方にもしいやなら反抗したとしても認められうる基盤がわれわれの社会にあるならば、こんなことはたちどころに消え去ってしまうだろう。こんな窮屈な心遣いなど誰がしよう。ほんのすこしだけ偏見を横の方に押しやれば、沖縄や大島の人名に表現された愛情の豊富さは他に比較しようがないことに気付くはずだ。

現実は、大和に上《ノボ》ってきて、折れ曲って行くいきさつが南島人をこわばらせてしまっているのだ。歴史のにがさをかみしめている者は、だから、南島の人たちこそ、といわなければならない。彼等こそ、日本の怠慢に匕首をつきつける権利を持っている。従って日本人や日本語の素性のあいまいさは、この場所からつきつめられなければならないし、日本の文学の動脈硬化はここから輸血されなければならないといえよう。もちろん見世物レビュー風にではなく対決しつつぶつかり合うという方法によって。

ぼくが過去において幾度か沖縄生れと間違えられ、ぼくの苗字が偶然に南島臭いということは（尾に尻を変えたいほどだが）むしろ誇らしい気持ですらあった。ぼくが妻の郷里の人たちの会合に呼ばれ、酒席がたけなわになるに従ってぼくのからだつきが、大和人風にこわばってきて（これは認めないわけにはいかないが）「アンチュヤ、ヤマトンチュド」と、たとえいわれたにしても、ぼくはくじけない。「大和人ト縁結ブナヨ。大和縁結ベバ、落《ウト》サン涙《ナダ》落シュッド」といわれたところで、むしろ勇気が湧き起ってくるというものだ。

ぼくは、こんなふうにではなく（直接沖縄にいったことこそなかったけれど）過去に何人かぼくの生活に抛物線を描いて通り過ぎていった沖縄の人たちの人間像を（それが不思議に印象的であった）たのしい筆つきで書きとめてみるつもりであった。それがこんなふうに、あるいはきまじめな書き方になってしまったことは、ぼくの筆のつたなさだ。しかし一度はこのように書いて置きたい気持のあることも事実だ。

やはりぼくの精神風景の中で大きな場所を占めている「おきなわ」が、ぼくにとって一体何であるかということを考えてみることを、素通りするわけにはいかない。「おきなわ」をわれわれの国の中に持っていたということは、少くともぼくにとって、荒廃の中に幸運にも見つけ出した安堵だといえよう。ぼくたちは「おきなわ」をひそひそ話や趣味としてではなく、沖縄の辿った悲劇の歴史の同じ享受者として受けとめなくてはならない。

沖縄を見失うことはわれわれの枯渇だ。われわれはそこを切離すことを肯んじてはいけない。ぼくは不思議で仕方がない。われわれの過去の文学はどうして「おきなわ」をそっと伏せてきたのだったろう。

加計呂麻島

加計呂麻島《カケロマシマ》といってもおそらく知っている人はありますまい。ふしぎなことにはその島に住んでいる人さえが、自分たちの住んでいる島の名前が、加計呂麻だということを知らないと思えるふしがある。

その名前からうける珍奇な感じで、私は島の年寄りにきいてみたことがあった。しかし彼はその年になるまで、そんな言い名をきいたことがないと返答した。そののち二、三の島びとから、私はおなじ返答をえた。これはいささか奇態なことだ。私はあきらかに海図や、多少くわしい巷間流布の地図には、書きこまれている加計呂麻という字面と、その耳なれない読みかたを、まちがっておぼえたわけではない。

とするといったいこれはどういうことか。加計呂麻といういいかたがその島では通用しないとすると、それを外部から加計呂麻とよびかけてもむなしい感じもする。しかしその名前が古くからその島の言い表わすときに用いられてきているとしたら、それもまたしりぞけてしまうわけにはいかない。

馬琴もかつてその「椿説弓張月」の中で、為朝が渡った島のひとつに、「かけろま」島を記録していることだ。（いまは手もとに書物がないので正確な字は示せないが、加計呂麻という書き方ではなく違う漢字で「かけろま」にあてていたと思う。）まして島びと自身、その島そのものを言い表わす言い方を持っていないので、それはどうしても「かけろま」島というより仕方がない。

島びとは自分たちの島を、鎮西村《チンゼイソン》あるいは実久村《サネクソン》という。つまり島は二つの村に分れているからだ。どちらも為朝に因縁のある名前だ。為朝がこの島で生んだ子供に実久三次郎というのがいたと言い伝えられている。別に、その島と隣島の対岸の部分を含めての「瀬戸内《セトウチ》」という言い方で自分たちの島を言い表わしてもいる。またその地方の方言でヒギャブテということもある。ヒギャは東、ブテは方面の意味だ。

南九州の人ならあるいはああそうかと見当がつかれたかも分らない。そう、加計呂麻島は鹿児島の南方海上に点在し横たわる奄美群島の離島の一つなのだ。

大島本島といわれる群島中最大の（ほぼ淡路島ぐらいの、そして形もいささかそれに似て、先がとがり尻が太く広く、唐芋のような）島の島尾《トウビ》の部分に歯車がかみ合うごとくくっついている離れ島だ。

その大島とのあいだの瀬戸は大島海峡と呼ばれ、離れがたいのを無理に引きちぎったふうにこの二つの島は一方が出張れば片方が引っこみ、一方が引っこめば片方が押しでる具合に、複雑に海岸線を入りくませ合い彎曲して両端の海峡口は袋の口を扼するごとく狭くしぼられているので、海峡内は波のおだやかな内海を形成している。波荒き大洋の天然の避難港として昔ここは艦隊の碇泊地として利用されたくらいだ。そのせいであるいは島びとは自分たちの島を大島本島と結びつけてしか考えなかったのかも知れない。

その意味で「かけろま」は「かげしま」の訛伝ではないかという説がでてくるのはもっともなことだ。

私はその加計呂麻島の鎮西村の部分の呑ノ浦《ノミ》という寂しい部落にしばらく住んだことがある。それは島びとの発音ではヌンミュラときこえた。細長く折れこんだ小さな入江の奥に十軒たらずの人家がある所だ。この呑ノ浦ばかりでなく、この島のほかの部落もこの呑ノ浦と似たようなものか、あるいはいくらか戸数が多いかだ。

電燈はない。島のいたるところ蘇鉄が群生している。それも内地の盆栽風なひからびたものとは違い、野育ちのたくましいもので、大木と見まごうばかりのものもある。南の太陽の灼熱をたっぷり吸って、その葉は黒光りして見えるほどだ。それが岬の山肌といわず、谷あいといわず、むくむくとびっしり生えている風景は、内地のいわば淡彩の風景に見馴れた眼には、圧倒的なエネルギーとしてぎらぎら押しかぶさってくるものを感ずるだろう。

この島の土地の陽の恵みの多いこと、そして人間がそこでどういうふうに抵抗して生活を築かなければならぬかなどを思い煩らうだろう。入江の水はあくまで青く深く澄み、海岸には、たこの足のようにうねり錯綜したアダンの木が、びっしり生えている。

潮の干満の差が大きく、大退潮のときは入江の半ばほども干上ってしまい、あばた面を陽にさらした海底に無数の貝類がぶつぶつつぶやいている。ヤドマ、テラダ、ブトゥ、クルップ、アマミニャ、ナガミニャ、ヒリャ、クッキャル、グドゥマ、ティンボラ、ヒューゲ、スビッグヮ、ティボホ……これはみな島の子らがそれぞれ違った貝につけた名前だ。島びとはよくミニャ（貝）拾いに浜に下りる。

島にはまた榕樹の大木が多い。つまりガジマルだ。あの気根といって枝の中途から長いひげのようなまたは蛇のような根を垂らしている大木だ。それが部落の中央あたりにあれば、それは手頃な子供らの遊び場となる。その大木の下が日中のすずしい避難所であり、ときには部落の寄合談合場所にもなる。ところがそれが部落のはずれだとか、岬の方の道ばたとか峠道などにあれば、気根の垂れ下がっている薄気味悪い姿はいまわしい場所になる。

ガジマルの木の下を通るとケンムンにとりつかれると島びとはいう。ケンムンというのは島びとの想像動物で陸にも棲み水中にも棲む。問答と相撲が好きで通る人間をつかまえては問答をしかける。問いかけられた人間が屈しないでうまく答え返せればいいが、答えられぬとひどい目にあわされる。相撲とて同じことだ。恐ろしく膂力が強くまたしゃがむとひざが頭より高くなるという。魚を釣っている最中にケンムンに取りつかれると、いくら釣ってもみんなケンムンにとられてしまい、あげくの果て、舟をひっくり返される。そのときは「スブ、スブ、トホ、トホ」という呪文をとなえればよい。スブは魚の一種であり、トホとは蛸のことだ。スブも蛸もケンムンの不得手だ。

もちろんそれは実在するはずのない動物だが、炎天の真昼と、反対に深く濃く青い夜の交替の中に、電燈もなく、奇怪なかたちの植物に囲まれ、わずかに限られた範囲の少人数の人間とのつき合いの中から生まれてくる不合理が、そのような動物をこしらえあげたことを一概に否定することも容易でない。その島でしばらくくらしてみると、ガジマルの木にはケンムンが棲むということが一種の現実感となってくることがふしぎだ。

部落の住人の姓を思い出してみよう。要《カナメ》、菊《キク》、盛《モリ》、基《キ》、浦《ウラ》、武《タケ》、祝《イワイ》、福《フク》、などと一字姓が多いことだ。その多くは御一新後の創姓にかかわることなのだが、もともと奄美大島には島津藩の方針で、薩摩大隅とこれらの「島」とを差別するために「シマンシ」(島の衆の意か)には二字姓を名のることを特殊な例外のほかは許さなかったことに起因する。それを薩摩藩の圧制というふうにいま、人はいう。その検討は歴史家にまかせよう。

ただ鹿児島県となった現在でも島びとの鹿児島人に対するコンプレックスは単純ではない。鹿児島人の「シマンシ」に対する奇妙な蔑視も抜きがたいものだ。大島の各部落の駐在所の巡査のほとんどが島の出身者でなく鹿児島人であることも興味あることだ。そして部落の主だった旦那衆がいわゆる鹿児島弁を無理をして使おうとする傾向のあったことも興味深いことだ。実は私が加計呂麻島にいたのは戦争のときのことだ。だから私のこの島についての見聞は、そのときのことだ。

それから十年の歳月が流れた。その間にはアメリカ軍政下の時代もふくまれる。この僻陬の離島にも容赦なく時の流れが押しよせよう。それはたとえばあの太平洋戦争のときに、「もんぺ」という北国の下半身の服装が、この南のはての小島にまでゆきわたった。それまでは北九州の百姓でさえ「もんぺ」などはかなかったのに。それが加計呂麻島の女で戦争中に「もんぺ」をはかなかったものはいないようなことになったではないか。またあの長い戦争の時代の配給制度が、おそらくは唐芋をふだんの食膳に供していた島の人々にもまんべんなく米の配給がいきわたり、そのために米食が多くなったではないか。もはやこれらの島々を長い間支配した沖縄風の服装や装飾は見られなくなった。いちりつに日本の北の最果てから南の孤島まで、パーマネントの頭とブラウスとスカートの服装が、女たちのかたちを単調にしてしまっているだろう。

この島独特の長い歳月にさらされてでき上った抑揚とアクセントをもつ典雅な言葉も、急速に棒読みの単調なそして落着きのない、普通語と島びとの呼ぶ未熟な言葉に変りつつあるだろう。いやしかしそれはごく麦皮の部分のことかも知れぬ。おそらく加計呂麻島は十年以前ともまた二十年以前とも本質的には少しも変っていないかも分らぬ。

私は近く再び奄美大島に住むことを考えている。そして歳月に流され変り滅びて行くものを見つめてみようと思う。菊さんは菊原さんに、盛さんは盛山さんに、そして基さんは基山さんになっているかも分らない。それをなぜだか考えてみたい。

一字姓のその起りは島津藩に強制されたものだが、結果として島びとの選んだ文字の素晴らしさに私は眼をみはる。その多くは、たとえば和《ニギ》、太《フトリ》、盛、基、祝、計《ハカリ》、禱《イノリ》、喜《キ》、与《アタイ》などははなはだ観念的な文字を選び、その文字をつきつけられるたびに、うかつなヤマトッチュを思わずどきりとさせる何かがあるではないか。

それから私は彼らの古い名付け方を羨望する。それも今は次第に本土風に平板化されつつある。稲《イナ》祥喜《ショキ》、実祥喜《サネシヨキ》、赤坊果《アハボッカ》、佐栄百玖《サエモク》、伊能国《イノクニ》、前峰《マエミネ》、坊金《ボウガネ》などをいまの小学生徒の中に見つけることは困難であろう。私は島びとのそれらの名前にでくわしたときにはちょうど「古事記」を読んでいて、その中の耳ざわりのいい古代人の名付けをうらやんでいたが、それがその痕跡を眼前に見せつけられたのだ。いや痕跡などと遺物のようないいかたはよくあるまい。その感受性の豊かな独自の表現に驚いたのだ。

また前《マエ》　前広《マエヒロ》、福《フク》　福島《フクシマ》、里《サト》　里禎《サトテイ》などと苗字と名前とを重複させたユーモラスな方法にも眼を開かれたのに。しかしそれらも次第になくなってしまうだろう。それはなぜか私の心を寂しくさせる。

私は敗戦の前の年の秋も終り近く、一隻の輸送船で辛うじて大島海峡に辿りつくことができた。そこで私ははじめて加計呂麻島を見た。濃緑の鬱蒼とした海岸線の入りくんだ島の姿が雨に煙っていた。人家らしきものは、ほとんど認められない未知の島根を見て私は興奮した。

雨はやがてはれ上り、するとかっとした陽が照りつけてくる。そのあとでまた驟雨という具合であった。月のうち三十五日は雨が降るなどと船でおどかされていたのだ。

たしかに島は雨が多いが、それは内地の梅雨どきのようなじめじめした感じは少ない。降ったあとがからりとしている。そしてその変化が急激である。あるいは一日のうちに、春と夏と秋と冬が交替し、それぞれの季節のあたたかさ、寒さ、やわらかさ、かたさを感じさせるようなこともあった。

豪雨も時々襲来し、島が洗い去られると、山ひだの到るところに急ごしらえの滝ができた。ちょうど白い牙を垂らし毛並を海水でしとどにぬらした海獣が何匹も寝そべったような景色ができ上るのだ。と思うとじりじりとあぶら照りの真夏のような明るいぎらぎらした天候がけろりとしてやってくる。またじとじと何日も続いて梅雨のようなときもないことはないが。一番寒い季節とても内地の春先の寒さと思えば間違いなかろう。統計の上からいえばおそらく雨の降らぬ日は数えるほどかも分らぬが、感覚の上でいうと、島の空はあくまで高く、島山はあくまで緑に、海は群青で、浜の砂は純白、であった。

畑の唐芋は年中とれた。ふやそうと思えば芋の茎を切っていって別の土地につきさして置けばよい。肥料は蘇鉄の葉をちぎっていってそのまままき敷くだけ、というようなやり方だ。

平地はごくわずかだから田は少ない。芋と魚と、蘇鉄の幹や実をすりつぶして作った澱粉を材料にして作るいろいろの食物、豚《ワ》と山羊《ヒンジャ》の肉、それが加計呂麻島の住民の主要食料といえよう。それらのものは、自分の家で食べるだけのものをそんなにあくせくしなくてもどうにか獲ることはできる。それはいかにも貧しい生活だが、それを彼らはくり返す。

東西に細長い島の背骨の所は分水嶺のような具合に北（大島海峡側）と南（外海の方、しかしすぐ眼と鼻の先に請島《ウケジマ》、与路島《ヨロジマ》などの離島が横たわり、また波の彼方に徳之島《トクノシマ》、また天気のよい日には沖《オキ》永良部島《エラブシマ》が見える）に傾斜を持つ。部落のほとんどがそのどちらかの浜辺にある。海に面していない部落はひとつもない。押角《オシカク》（と作り字されているが島びとはウシキャクという）勝能《カチユキ》（カチョホという）諸数《ショカズ》（シュハーテ）安脚場《アンキャバ》、渡連《ドレン》、諸鈍《ショドン》（シュドン）野見山《ノミサン》（ヌミシャン）於斎《オサイ》（ウセ）伊子茂《イコモ》（イキョモ）花富《ケドミ》（ケドゥム）などという名前の部落があり、部落同士の交通は、背骨の反対側なら、いったん分水嶺に上って反対側に歩いていかねばならぬが（狭い部分では分水嶺の尾根筋にでると瀬戸内と外海の両方を見わたすことができる）同じ斜面の部落同士は「シマブネ」と呼ぶ板付の小舟が用いられる。ちょうどカヌーのように狭い細長い小舟で、ひとりずつならんで乗り、大てい各自が短いヨホ（かい）を一本ずつ持って、舟ばたのところで水をかく。ともの者がそのヨホで同時に舵をとる。

島びとの容貌は眼に特長があるように思える。黒々と大きい感じをひとに与える。「眼眉《メマヨ》スイスイ」という言葉がある。眉は黒くきりっときかぬ顔付に見える。多少けわしい感じを与えぬではない。

感情の動きは、ちょうどその天候のそれのように激情を含んでいる。

私はまだ色々のことを加計呂麻島およびそれを通して奄美大島について語らねばならない。

第一に島びとの言葉のこと、その悲哀の感情を表現しえた民謡とそれにまつわる島びとの運命などの多くを語る余裕を失った。

また部落の雰囲気を語り伝えることもできなかった。清潔な部落の小道、金竹やその他の樹木の生垣で区画されたこじんまりした茅屋根の家々、部落を覆っている甘ずっぱい樹木や草花のにおい、虫や鳥や蛙の鳴声、蛇皮の三味線の孤独な悲しげな音色、焼酎のかおり、夜更けると青く暗く深い闇がすっぽりとかぶさり、清澄な星が天空に輝き（さそり座の赤く光る星や、にぎやかな羽子板星、舟形星などがくっきりと空に象嵌されて）ティコホ（梟）の冥府への誘いの呼び声が一晩中きこえてくる加計呂麻島の夜をどのように伝えてよいか、私の筆で表現することはおよびもつかない。

いま島々は、しきりに私を呼び、私はふたたびその島々に、渡っていこうとしている。

奄美大島から

沖縄航路の船に乗り込んで十月の中旬横浜の高島町岸壁から本州島を離れた。私と妻は長い間入院していた病院からまっすぐどこにも寄らずに船に乗った。船が岸壁を離れはじめ、固定した岸壁にとり残され遠去かり行く九人の友人をみつめていると、彼らは私のうしろ姿を見ているのだという深い思いにかられた。

もうあるいは本州島の土を踏むことはないかも知れない。私は西南の離島のその中に私の全部を横たえる。その空の色、波のうねり、島山のかたち、そしてけしつぶの島々にとじこめられた島びとの受苦を文字に移しとらなければならぬ。そこには私の血の中に流れている東北の凍りついた不毛の領域を解きほぐし、やわらかな多産な部分に鋤きかえしてくれる陽の恵みが惜しみもなく放出されているに違いない。しかも島の狭さと孤絶の姿が私の背丈に合い、本州島や九州島、四国島とは隔絶した言語や生活感情や風習が私の感覚を恍惚とさせる。私は日本の狭さ、画一の不毛地帯からぬけ出ることができる！　一層狭隘な離島に自らを遠島することによって！　私は本州島らを異邦人の眼をもって見返すであろう。猫額の平地すら稀な季節風と台風とに吹きさらされ通しの離れ小島から草原や沙漠のことまでも考え返すであろう。岸壁と船との間に横たわりふくれ上る距離は私をにわか仕立ての歴史家にする。私の頭の中でひとつの時代区分が出来上る。しかもなお岸壁の上の九人の彼らは私らと本州島を、そしてまた私の歴史の中に異った二つの時代をつなぐにぶく光る蜘蛛の糸のように思えたのだ。

私らを奄美大島に運ぶ船は本地不明の浮島ででもあろうか。乗客は私と妻とを加えても五人しかいなかった。この偶然（?）が寄せ集めた、他の二人は沖縄島、一人は宮古島の人であった。二つの台風と前後して私たちは一週間を洋上で過した。軽い船酔が私たちを親密にした。宮古島の国仲《クニナカ》さんはプロテスタントの老紳士であった。沖縄島の玉城《タマシロ》さんは二十余年をハワイとニュージャージイで過し、糸満町にただ一人彼を待ちわびている老母を喜ばせるためにアメリカをあとにして来た独身の心のやさしい帰郷者であり、あとの一人は首都で服飾裁断法を習得して来たばかりの美しい少女であった。はじめ食堂でだけ私たちは顔を合わせたのだが、彼らが本州島の顔付でなかったことが私と妻をどれだけ救ってくれたか。眼の配りやからだのこなしにあのおそろしいすばしこさの感じられなかったことが、私をどんなに勇気付けたことか。

それは――妻は外界の刺激を恐れ、それが日常生活に適応できぬほどに高じて入院しなければならなかったのだ。眼にうつることごとくの現象は、病んだむき出しの神経には暗い因果としてしかうつらず殊に群れ動く人間の顔がいけなかった。また人間と人間の結びつきのなま臭さが神経の反応を促した。本州島には本州島の人間の顔付があり西南の島には西南の島の顔付がある。本州島の大都会の騒音の中で躓いたとすればその環境を構成する顔付に脅迫されることは止むを得ない。個々の雑多な顔付の中から抽きだされかたどられた一つの忌むべき悪鬼の形相が、本州島の顔付となって頭脳のひだの中に食込んで来た。そして妻は故郷の島の顔付に囲まれた環境に救いを求めた。私は妻の願いに添わねばならない。その神経性の反応をなくすために医師の指導に従い、私は妻と共に長い間入院していたのだった。子供らを先にその島の叔母に預けて。

次第に反応がうすらぎ、日常の生活ができる日の再び取戻せるのを祈ることが私の生活となった。暗い日が続いていた。清潔で執拗な妻の病める合理主義の前で私は火星人の如く醜怪であり、この私のことばは妻には通ぜず、妻のことばは微細なはしくれまでことごとく私の神経につきささり胸うちをふみしだいた。しかし私は何を捨ててもこの病める魂に寄り添う。彼女の発作時の悪鬼にひとときの安息もなく打ち負かされ通しでいながら、やがて訪れてくる反応のない平常の日々を待っていた。それらの日はいつやって来るか。妻の反応で私があばかれ、一部が破壊しはじめると、破壊は次々に移り広がり、未来はふき飛ばされ、平静を保つことができない。交互に妻に反応のない均衡の瞬間はやってくるが、すぐ陽はかげり、北風が蕭々と吹きすさぶ。あくなき繰返しの果てに妻の感覚は私の感覚に食い入り出す。私は四囲の顔付に妻と同じような反応を示しはじめた――そして私らは本州島を離れたのだ。

奄美大島は病みそして適応を失った私らをやわらかく包んでくれた。島は時なしに花が咲いた。花弁や葉は水を含み厚ぼたく色彩が濃厚に感じられた。空は冴えて青く、月明りの夜空には入道雲が見られた。バナナやパパイヤが果実をつけていた。

町には一種の喧騒があった。にぎやかさが町の空気にひそんでいた。むき出しの感情が人々の顔からかげりを奪った。激情は人々をいくらかは軽薄にするが、陰にこもった意地悪は感じられなかった。なつかしい（ナツカシャ？）という感情が挙措の中にしみついていた。排他と団結がにぎやかに共存していた。陽やけして黒ずんだ顔と肉のしまった固い体つき。そして無邪気な事大性。言葉は極端に単純化されながら発音が逆に複雑化している独特のこの島の方言が、むしろ異邦のことばをきいている具合に私の耳をくすぐった。

私は新しい期待で興奮した。（ああ、妻の反応が治まってくれさえすれば！）しかし来る日も来る日も風が吹き、晴雨が変転し驟雨時ならず、一日のうちに冬と夏が雑居するかとも思われるざわざわした気候のことを私は書き忘れずに置こう。草や木はおい茂るが野菜も果物も台風のために根こそぎ駄目にさせられてしまうことも付け加えよう。九州島を経由してくる郵便物や新聞が三日置き二日置きにつまったどぶが打通されるようにこごりかたまって配達されてくることも書いて置こう。書店で（といっても半ば貸本屋の小さな小屋店だが）書物らしい書物を見かけることは断念しなければならず、水利は悪く電圧は低く頼りない。

これは奄美大島唯一の都会ともいうべき名瀬市のことを言っているのだが、（島の多くの部落は電燈は望めない）立地の悪条件が頭上に重たくのしかかり、島の生活は困憊しきっていることも書いて置かねばなるまい。貧困は島の日常であり、青年子女は島を捨ててヤマト（本州島や九州島）に行きたがる。出て行けば多分島に帰ろうとはしない。いや帰ることができない。島びとは島の袋小路の生活をのろっているようにさえ見える。そしてこの島はかつて琉球王国の下風に立ち島津藩に摂取され重ねて敗戦後つい先ごろまでアメリカの見放された直接統治を受けた歴史しかない。いや民衆の生活はあるが史料は埋滅し歴史の編纂は忘れ去られた。この島の歴史が為朝伝説や平家伝説でうら悲しい序章が書かれているに過ぎないとは！

しかしこれらのことは逆に私を興奮させる。ここは未知の領土なのだ。そこに埋蔵された宝は発掘されることを待ち望んでいる。某日私は古見《コミ》方面のある部落を訪れたときのことも忘れられない。蘇鉄の砂丘のかげで浜風にさらされた部落は太古の香気を遺存して居るとも見え、人々は記憶の中に歴史を頑固に手放さずにいる。島にはこのような、部落の原型が無数にころがっている。たとえ天災と圧政に幾度か襲われ続けて来たにしても。歴史は坩堝の中でからみ合い醗酵し、今や表現され記載されることを待っている。

一方香気ある古代語は刻々に解体され死滅し、一見蕪雑で無味な、文法を無視した奇妙な新しい方言が雑草のように生れつつある。いわばこの小さな離れ島には転換期の三角波が立ちさわいでいる。私は現場に立ち合わされる。昨今名瀬市はざわざわした北風《ニシ》の吹く落着かぬ季節にはいった。陽が照ると立ちどころに真夏を取り返すが、かげるとうそ寒く町はがらりと相貌を変えた。しかもなお花々は乱れ咲いている。

一日北にひらいた築港に近く失火を生じた。折からの北風にあふられ、ヒラキ葺きの多い小屋のような家々は見る見るうちに炎上した。紅蓮の舌はいつ終熄するとも見えず、人々はぼろの家財を背負って逃げまどった。私は火事場にはいり込み、罹災者の群にまざって縁戚知人の家財を運び出した。街路は狭く入り組み消防車ははいらない。手押しポンプでは物の役に立たず、しかも水道栓は不備、川の水は枯れていた。めらめらと町が焼き尽されてしまうのを市民は異様な恐怖と絶望でただ待った。

（私は更に妻へのショックを恐れながら。）

夜が白々明け、陽があたり風がおさまると、辛うじて全市の四半分もの区画が燃え尽きて、焼野原にうらうらと余燼のかげろいが立ち、水の無い川底の焼けたどぶのような賽河原さながらの川筋がうねうねとその全貌を露わにしていた。それは私を孤島苦に覆われたこの悲劇の島に一層ひきつけさせ愛着の深まるのを感じさせたのだ。

妻への祈り

はじめ眠剤を処方してもらうほどのつもりでK大学病院の神経科に私は妻を伴って行った。六つと四つの子供も一緒につれて行った。妻が極度の不眠で神経が衰弱しはじめてから私はそれまでと全く生活を変えた。仕事の上でのやむを得ない用件のほかは、私は一人で外出することをやめた。行かねばならぬ所にはどこにでも親子四人つれ立って行った。市場にも妻と二人で行き、風呂屋でもお互いを待ち合った。それでK大学病院にも親子四人で行った。電車の中で妻の様子が少しおかしくなった。怖気づいた子犬のように運転台近くにじりよって、眼窩を深くしてふるえた。電車を降り病院の構内にはいって行くと、妻は手放しで泣きはじめた。私は右腕で妻の左腕を支え、左手で二人の子供を数珠つなぎに引っぱって、こわれ物を捧げるふうにそろそろ正面玄関に歩いて行った。それまでも電車の中で泣き出したりしたことも一再に止まらなかったから、私はまたその発作がやって来たのだろうと思った。受付で長い間待ったが、妻は憂鬱の壺に入り浸ったふうに、ぶつぶつ不満をならべながら泣きじゃくっていた。廊下を通る健康な人たちが好奇のまなざしを投げ捨てて往き来した。私はそのような妻を支えていた。妻がこのように発作的になり、私も妻にかかわり合って気持を奪われ出すと、どういうわけか、子供らが落着きなく動き廻りはじめる。いたずらがひどくなり、小うるさく、眼顔でやめさせようとしても、ききめがない。何か親たちの傷口に塩をこすりつける工合に、何となくがさつく。

予診の時妻はひときわ気持をたかぶらせて泣き出したのだ。しかしなお私は一通りの診察のあとで眠剤をもらって帰れるものと考えていた。

その日はちょうど医長の診察に当っていて、少しいかめしくそれは始められた。あまたの研究生が医長のうしろに従って来た。医長は妻の様子をいちいちドイツ語交りの学術語でうしろの研究生たちに教え、また症状の着眼点を指摘して、その状態を確認させた。最も脆弱な部分を誇張せず、また歪曲せずに医師の心に静かに訴える場面を期待していた私は戸惑った。妻はいっそう興奮し、いわゆる錯乱の状態になった。泣きわめき私をののしった。私は妻との間につながっていた平常の気持の伝達のきずながぷつりと切れてしまったように愕然とした。どんないさかいをしても、お互いがお互いを平常の心で認め合うことができれば、それは希望がのこされている。しかし私がどのような行為をし、また言語に表現しようと、平常の意味が通じない場所に妻がすでに行ってしまったとしたら、それはどんなに果敢ない思いに打ちのめされることか。子供らはどんな場所も遠慮をせず、ずかずかはいり、泣きわめく母と神妙なふうに立ちすくむ父とを、けげんな顔つきで、かえっておかしなものでも見るふうにじっと見つめていた。

事態は急転直下したといえる。即刻入院させた方がよろしいと言われた。私は全く予期していなかった局面につき当った。はじめから、適当な眠剤を貰って戻るほどのつもりであったのだ。眠剤で妻が眠れるようになるならば、神経のいらだちもおさまるだろう。そうすれば一切は好転する。私は、妻と子供とを十二分に見守ることに、私の全生活を向けよう。それが私の至上律なのだ。私はむしろすこぶる希望にふくらんでいたはずだ。私は妻の入院のことなどは考えてはいなかった。私は妻を入院させる用意のないことを医師に述べた。医師は、とにかくその日、とりあえず最初の電気ショックを受けて帰るように言った。電気、という言葉をきくと、妻はいっそうたけりたった。「いえ、私は電気はしません。電気ショックがどんなものか知っています。私は電気ショックは絶対いやです」医師にそう言い、また私には「おとうさん（子供らの口調に真似て私をそう呼んでいた）電気をかけさせたら承知しないから」と突きさすような顔をして言ったのだ。私は妻がいちどこうと言い出したら滅多なことではひっこまないことを知り、一応そのまま家につれ帰るより仕方ないと思った。医師はそれなら電気ショックはやめてただ注射を打つだけにして帰るようにと妻の方に向いて言った。私たちは看護婦につれられ、いくつも長い廊下を折れ曲り、いったん道路に出て、また別の建物にはいり、階段を上ってやっとひとつの部屋の前につれて行かれた。その部屋には電気治療室、と（多分そんなふうに書かれた）札が下っていた。「まさかだまして電気をかけるんじゃないでしょう？　そんなことをすればあたしは死んでしまうから」妻はそう言った。子供らは廊下をばたばたかけ廻った。私は子供らの名前を呼んで静かにするように言うが、すぐにはきかない。治療室の中から係の医師が中にはいってくるように言ったが妻は肯んじようとしない。しびれをきらして医師が出て来て妻をつれてはいろうとした。「いやです。いやです。電気はしないで下さい。私はすっかり知っているんです」妻は悲しそうに泣きわめいて手足をじたばたさせた。私も悲しくなり、妻の名前を強く呼び、きき分けさせようとするが手に負えない。「注射をするだけじゃないか。あとがつかえているんだから早くして、早くして」医師が不機嫌にそう言った。もう一人の医師が注射器を持って出て来て「そこでいいから腕をまくりなさい」と言うと、妻もその気になっておとなしくなり、袖をまくりあげたが、針をさしかけると急にまたからだを動かそうとした。「だめじゃないか。針が折れる」と医師は強い声で言い、私が反射的にしっかり妻をおさえると同時に素早く針を刺し注射液を注入した。それが三分の一もはいったろうか、まだ針をぬきとらぬうちに妻は何かはっと気を取りなおしたふうに、「あ、おとうさん」と私に呼びかけたのだ。瞬間それは物静かなあきらめの果ての深い理解に包まれている声のように私を打った。しかしそれは「あたし電気をす……」とつづけたきりぷつりと切れて、妻はぐにゃりと崩折れたのだ。そのときになって妻に結局電気ショックの療法が施されることを私はやっと諒解したのだ。意識を失った妻は、二人の医師に運ばれて治療室の中にかつぎこまれた。妻の治療を見とどけるためについていてはいろうとした私はドアの所で阻止された。私は患者待合室で待つように言われた。そこは半分は畳が敷かれてふとんの用意がしてあり、ショックのあと運搬車で運びこまれた患者が何人か意識を回復するまで眠っていた。あと半分の椅子とテーブルのある場所では、患者の付添いたちが待っていたのだ。そのような精神病院の待合室の風景を、私ははじめて見たわけではない。つい半年ばかり前、妻と一緒に或る青年に付添ってそのような場所に行ったことがあった。妻はそのとき私にこう言った。「もしあたしが電気ショックをされるようなことになったら、あなたはあたしを介抱してくれるかしら?」私はそのとき一種の傍観の位置で多少はロマネスクに待合室の中の患者や付添いたちのいる風景を自分の心象の道具建としていた。それが今自分たちの生活に関わる現実として進行しはじめた。とにかく私は妻が強い神経衰弱に苦しむようになってからその時に至る長い間、妻の私にからみつく神経にくたくたになっていたと言える。つまり一種狭隘な「病的合理主義」に私はとりひしがれていて、その埒外にのがれることができなかった。妻のそれまで耐え抑えていた女としての渇きは、怒濤のように私をなだれ襲った。烈しい磁気嵐の中で、私の耳は聾せんばかりであった。それが「あ、おとうさん、あたし電気をす……」という言葉とともに突兀と寂寞たる無言の場面に急転した。その声はひどく澄んでいたと省みられた。それはかつて平常の均衡の心を得ていたときの妻の深くやさしい声音であったように思えた。あの瞬間、つまり妻が、あ、おとうさんと言ったとき、碧落のあらわるるごとく或いは正気を取り戻したのではなかったか。私は深くほぞを嚙む思いでいると、妻が運搬車にのせられて運んでこられたのだ。私は皆がするように妻をふとんに寝かせて、枕許に坐り、じっとその顔を見つめていた。ショックのあとは多くは異相を呈しているものなのに、妻の顔付には別段変ったところがなく、ほっとする気持であった。妻がそれをひとに見られることをさぞいやがるだろうと思われたからだ。むしろ上気してほてった血色のよい皮膚の色は美しく見えた。そしてかにのように泡ぶくを口もとにこしらえて、こんこんと眠り続けた。私はじっとそこにそうして妻の眼覚めを待った。子供たちは待合室の中や廊下を走り廻り大きな声でさわいだ。上の子供は下の子供に悪くふざけて泣声を出させた。親たちが放心すると子供らは坂道をころがるように加速度をつけて無頼になるようであった。子供らをそばに呼び、事情をかんでふくめ、おとなしくしているように言いきかせても、かえって子供らは白い眼つきで生返事をした。私はこの窮状を誰に訴うべくもないことをまた改めてかみしめる。この妻と子供らをかかえて、この先の生活をどのようにたてて行くか、ということも暗い顔付で私の頭の中を往ったり来たりした。その日ほとんど意識の朦朧とした妻をタクシーにのせ、電車に移り、途中でまた乗換え、一時間近くもかかってやっと家につれて戻ることができた。

結局私は妻を入院させなければならなかったのだ。初診の日電気ショックを施されてから、妻の容体は急変したようにみえた。すでに通常に意志を疎通させることは不可能となった。妻の一方的なあくことのない要求がむきだしにされてしまった。妻のからだは虚脱したようにふとんの中に横たわり、頭脳は私を糾明する疲れを知らぬ一個の機関と化した。私を枕もとに呼び寄せていて、一刻も離さずしゃべり続けた。私は食事の用意のひまを見つけることさえ困難であった。やっとこしらえた飯や汁を、妻は気に食わぬと言っては投げつけた。夜も私を寝かせようとはしない。そしてしゃべり続け、私を訊問し、返答を強要し、しかもそのことごとくが気に入らない。そのままで生活を続けて行くことはとうていできなかったのだ。妻の強い抵抗と煩瑣な手続きのあとで、辛うじて私は妻を入院させることができた。

かくて妻のひとりぼっちの入院生活と、残された家では、私と子供らと三人だけの生活がはじまったのだ。

私の前に底知れず暗く覆いかぶさって来たのは妻に精神分裂症の疑いがあることであった。その日から、私のしごとは、子供らとの三度の食事を用意すること、その身の廻りを見とってやること、そして毎日入院中の妻に宛てた手紙を書いた上、一日と空けずに病院に妻を見舞うことであった。このような状態ではそのころつとめていた学校に続けて出ることができず、止むなく私は職を辞した。

（生計の支えとなる文筆の仕事は私ひとりいくら躍起になってみてもはじまらない。というより、私は妻の病気にすっかり足をさらわれた。そのため私は家を売ることにした）。しかし入院した妻に私の意志はとどかない。顔の皮膚はすき透るように白くなり、背丈もちぢまり手足もか細くなって見えた。心なしか眼の光に力がなく、焦点が対象物にきっちり結ばれない。そのはるか背後のあらぬ方に向いているのだ。表情がそそけ立ち、眼もとはくまどり、眼は涙でとけかけているような印象を受けた。総じて見る度にはっと胸がつかれた。そうは思いたくはないが実感としては妻はいよいよ現実感を失い、私たちを包む平常な世界と隔絶して行くのではないか。髪をお下げにして編んでいるせいばかりでなく、声も急に幼なくなり、物腰に女学生のような未熟な固ささえ現われて来た。言葉はのろく、舞台の悲劇的なせりふのように誇張され、白い弱い神経をむき出しにして、私の言動のすべてを限りなく不満に思うようであった。それは追っても追ってもつかまえることのできぬ渇きであり、私は妻のその気持を妻のこころの筋道にはいりこんで考えてみることもできた。それまでそのような経験を私は持ったことがなく、それは奇妙な経験と言えた。自分の気持がぐんぐん妻の思考の中に吸いよせられて行って、へんな酔いが湧き、目まいがしてくる。そしてかすかな哀れな、しかしとぎれぬ笛の音のようなものが聞えて来て、私はいや応なくその音色にとらわれる。それを妻の悲しい運命の生霊と感じている私がそこにいるというふうである。一日子供らに食べさせ身の廻りをみ、そして寝かしつけ、そのあとでひとり冷えた寝床にもぐりこむと、なかなか寝つかれないのだ。妻は外出していて、今にも帰宅するのだというような錯覚にもとらわれる。私の神経は妻のそれになり、妻や子供たちを構いつけない夫の姿がまざまざと再現され、私の神経をおびやかしてくるのだ。夜警の拍子木のしめった音。終電車のなぜかそれだけがことさら違って絶望的にきこえてくるわだちの響き。深夜に表の道を歩く人の重いあし音や無人の大通りを疾走する自動車の爆音。そして一番鶏の声。初発の電車。それらの物音が私のこころをしめ木にかけ、私の魂は遠心分離機にかけられてふり廻されはじめる。ばらばらになってしまう！　私は踏みとどまろうと努力する。一種宇宙の酔いとでも言ってみたいような支える術のないむかむかした気分。もし踏みとどまることに失敗すれば、私もまた多分分裂してしまうのではないか。私に妻のこころの路筋を辿ることができるのだという倒錯した喜びもあるにはあったが、やはりその酔いの気分というものは、言いようもなく心細く寂しい極みであった。しかし妻がたとえ完全に分裂病患者となってしまっても、生きていて欲しいと私は思った。妻が私を見分けなくても、妻は私を勇気づける唯一のものに違いなかった。私はそれまで多くのことに不思議なほど眼が覆われていた。妻が入院するまでの経過の過程の中で、私にいろいろのことが眼に見えて来はじめていた。

友人のつてで、患者の身内への思惑ぬきに、妻の症状について病院ではどのような診断が下されているかをさぐってもらったところ、それは私が最も恐れていた分裂症の疑いだという返事を得た。私の眼の前は日蝕のごとくあんたんとかげった。にわか仕込みの知識によると、分裂症の治療はほとんど絶望的であった。またたとえ好転しても、再発の可能性がすこぶる大きかった。私らがうかつに歩いて来た道を、ここで大きく折れ曲がらねばならないということは、何としても苦痛を伴うことであった。子供ら二人をつれて面会に行くと、妻は甲高い調子で喜びはしたが、しかしまたすぐ気持をもつらせ、癇をたかぶらせ、私を平手打ちし「帰れ！　お前なんか見たくない」というのであった。

私は子供らの手をひいて空しく妻の不在の家に戻らなければならない。アスファルトの道を歩きながら、つきあげてくる嗚咽を止め得ないのだ。年端の行かぬ子供らに、これらの事情を語りかけてなぐさめ合う術とてない。

私は誰に頼ることもできなかった。主治医はやがていろいろなテストの結果、妻は分裂症ではなく神経因性の反応だと診断してくれた。それは何と言っても大きな安堵であった。私と妻のこころにかけられた橋は、まだ断ち切れていないではないか。しかしその治療方法は容易ではないことがうかがえた。そして徒らに多くの日が流れた。生活は次第に追いつめられた。しかしどうすればよいというのか。神経がこじれるとこんなにも容易にはもとに戻らないのか。それはまことに不可解なほどだ。それに打ち克つには根気強い忍耐を必要とするようであった。緊張をゆるめると神経はすぐ逆戻りした。私はのちに一人の執拗な神経症患者を眼近かに見る経験を持ったが、その患者は別にどこといって健康者と変ってはいないように見られたのに、ただ一つの異常な潔癖を持ち、ほとんど終日を自分の手足を拭くことで暮していた。ひとはそれを理解することは恐らくはできない。しかしその人はその衝動を自分でおさえることがどうしてもできないのだ。それは地獄の責苦に等しい。なぜ自分の理性と意志で抑えることができぬのか、我ながら不可解だという暗い面持で、しかもその患者は悪鬼に憑かれたようにしきりに手足を拭うことをやめようとしない。神経症患者は何れにしろ、いくらかはこの潔癖の患者と変りはない。しかしこじらせると幻覚や妄想がひどくなり、分裂症患者のような症状を呈してくるのだ。妻は心理テストの結果分裂症の疑いは除かれたが、複雑なコンプレックスのために完全な恢復は早急には望めないようであった。やがて主治医は退院をすすめるようになった。私は従った。しかし結果はよくなかった。入院直前と同じ堪えられぬ狂躁状態の発作が起り、再び入院させなければならなかった。妻は再入院を強く拒んだ。私は辛うじて主治医に連絡をとって、遠い道のりをわざわざ迎いに来てもらうことができた。主治医の顔を見ると、妻はあっけなく再入院を承諾したのだ。その夜おそく再びもとの病院に戻ると、妻は覚悟よろしくベッドに横たわり、自分からハンカチを口にくわえて衝撃をしてもらう姿勢をとった。いそいそしたその姿が私の胸をついた。私はドアの外に出され、そして妻の衝撃の瞬間の妙になまなましい叫びをきいた。やがて許されて部屋にはいると唇をかみきり血をにじませた妻がこんこんと眠っていた。ドアの外できいた妻の叫びの一声はやはり私の心をとらえた。二度目の入院に当って、主治医は妻と私を厳重に隔離した。面会も文通も禁じられた。しかしそれは半月と保てなかった。或る日妻は突然私を電話口に呼出して、自決をするために失踪するとおどかした。私はあわてて病院にかけつけた。主治医はそれは妻の作戦が奏効したのだと言った。妻はすこぶる兵法巧者になって、私はいつも後手に廻り、それを調節する力は私にはなかったと言わなければならない。その時の私はそれを進歩した医学にすがりついて求めていたと言える。むしろ私のこころは、祈りに接近していた。私があわてて病院にかけつけた姿をどこからか認めていた妻は、すぐ近寄って来た。そして「こらー」と大きく叫んだ。医師はさえぎった。医師と私が勤務室で打合わせているのを廊下で（それも茶目な女学生のように）のぞき見していた妻の吸いつくようなうるんだ眼付が、私の心をとらえて離さなかった。二、三日して雨のびしょびしょ降る日、妻は寝巻にスリッパのままオーヴァをひっかけてタクシーをひろい、医師に無断で病室を脱出して来た。その翌日私は妻を伴って病院につれ戻った。これらのことは或いは医学の対象から逸脱しはじめているのかも知れない。それは私と妻の結びつきの問題であった。妻はひたすら退院をのぞんだ。妻の性格もあり、それを無下に抑圧することは結果の悪いことも考えられたため、医師も退院に同意し、むしろそれをすすめた。私は従った。しかし医師からは精神的絶対安静を強く要求されたので、どこか都塵を離れた静かないなかで妻の静養に専念しようと思った。ちょうど都合よく前から売りに出していた現に住んでいた家が売れたので、印旛沼のほとりの佐倉の町はずれに新しく借家を見つけてそこに移った。(その前後、上の子供ははじめて小学校に入学した)。反応は相変らず続いていたが、ふとしたきっかけで再び強い病的な発作が再発した。たまたま友人の紹介で精神病理学のM教授に会うと、一度精神療法を受けてみてはどうかと、その数少い熟練者の一人であるK医師を紹介してくれた。私たちはすがりつく思いで、K医師に診察と治療を乞うた。そして一週間に一度K医師が医長をしているK病院の神経科に通うことになった。しかしなお反応は治まりそうになく、私たちの生活は日常性を失った。妻の発作がはじまると家庭の中の一切の機能が停止した。反応が治まると、ほっとして束の間の家庭生活の営みがはじまる工合であった。佐倉の家は庭に大きな池などの掘りつけられた宏壮な構えの邸宅で、妻の反応に蝕まれた私たち親子四人だけでうら寂しく堪えられず、引越しの当日から、勉学のため上京している妻の従弟とその妹のK子に来てもらった。いなかの清浄な空気も静かな環境も病んだ妻の神経を鎮めるには至らず、やがては子供らをさえうるさがりはじめたので、やむを得ず二人の子供をK子とともにその下宿に移した。K医師は妻の自由連想にもとづく精神分析の方法でその反応の工合を注意深くしらべてくれた。やがて治療方法として「持続睡眠」と「冬眠療法」が選ばれた。そしてそのどちらも入院を必要とした。しかも妻の性格を考慮した上で、私も妻ととももに入院した方がよいとK医師は診断した。私にしても妻のそばを離れることは不安であり、そうする以外に二人の生活はないと判断した。それは前の病院での経験もあり、また隠微の間に妻の願望が私に分っていないわけはない。妻の発作が起ると、私たちは外目には見苦しい数多くの振舞をし、生活は破壊され、ただ妻の発作との格闘にあけくれていたのだが、結局は私ら二人で背負わなければ克服することのできないことなのだ。(発作がないときの私たちは一番いの青鳩と異ならない。二羽の子鳩を羽がいにして、しっかりお互いの首根にくちばしをうずめ合う。K医師は、妻の、郷里である絶海の離島の旧家で、一人娘として父母から溺愛されて育った幼時の過去の中から、私への異常なほどの没入の性格を珍らしいこととして指摘した)。ちょうどK子が郷里に帰るので、子供ら二人もつれて帰ってもらうことにした。妻やK子の郷里というのは、日本列島の南端に近い奄美大島である。私は妻が日常性を失ってから、その島で生活することを何度も考えた。そして次第にそうすることに心が傾いた。私はそのことを医師たちに相談した。医師たちは必ずしも帰郷に賛成してくれたわけではない。或いは結果がよくなるとしても、それは一つの大きな賭だと考える医師が多かった。私は迷った。しかし東京で住むことに妻は極端に恐怖心を起している。医師は何れにしても妻には精神的な絶対安静が必要だというが、それを現にその環境と条件の下で発病したその土地で、刺戟を避けているということはほとんど不可能なはずだ。とにかく施し得る一切の医学的な治療をすませたそのあとで、私は島に帰って住もうという決心を次第に固くした。妻は異常に窮屈な末すぼまりの心理の中で、やはり故郷の空はあくまで青いと思いつめているようであった。そこは本土とはかなり異なった暖い気候と風土と風習と生活感情があり、妻は島のふるさとの空と山と人に渇望した。

そうして私と妻は二人一緒に入院した。精神病の夫に妻が付添って入院する例は少くないが、患者である妻に夫が付添って入院することは例がないということで、いろいろ考慮の結果、男の患者たちの精神病棟の個室に入れて貰うことになった。そして半年近い間、私と妻とはその精神病棟の中で世間と隔絶して暮した。そこでの奇態な生活の一端を、「われ深きふちより」という短篇集に収めた二、三の作品の中で、私は表現しようと試みはしたが、入院中に妻の発作のあいまを盗んでむしろ祈りのような気持で、そしてそれがいくらかでも妻に通うことを願って書いたそれらの作品が、果して何らかの表現をなし得たかどうか。とにかく、看護にてこずった「持続睡眠」や一箇月にもわたる「冬眠治療」などの治療のあとに、執拗な妻の反応もやっとおさまったようであった。それは完全におさまったというわけにはいかないが、とにかく発作の波が小さくなった。折から離島での子供のからだの工合が思わしくない便りも受取った。また将来の生活の方法も考えなければならなかった。いつまでも夫婦で一緒に入院していることは困難であった。私と妻は退院して島に帰ることを決心し、そして医師もそれに同意してくれた。それは神経症という病的な部分に関することであると同時に、やはり、より私と妻のこころに関することがらである。妻の郷里の奄美大島の白く明るい昼と青く深い夜は、長い歳月をかけて妻の病みつかれた心を自然にいやしてくれるであろう。二人が注意深くお互いをいたわり合って行く限り。それはまた私と妻とそして子供ら二人の前に課せられた試練に外ならない。

かくてその年の十月の半ば過ぎ、私と妻は横浜港から沖縄航路の船に乗り、私たちを気遣ってくれる数少い友人たちに送られて、本州島を離れた。

沖縄航路の一週間の船の中は私たちにとって一個独立した浮島であり、そこで過去は断絶されまた未来の形は混沌として予測すべくもなかった。私たちの周囲は果てしない海が取り巻いていてかつていまわしき環境で私らを包んだ地上は私らから断ち切られている。船の上に在る限りは四囲の拘束から自由である。機関の響きと振動と波による揺れ動きが私らを絶えず刺戟した。そこで私と妻は過去の万象への連鎖的な反応を、いくらかは音響や振動でかき廻されてくいとめることができたといえようか。しかも船の上での経験は比較的地上の事象への連想を誘わない。私は妻を病院からまっすぐどこにも寄らずに船の中に運ぶことに心を配った。病院を一歩外に出ればあらゆるものが発作を誘う点火剤になった。それはまことに堪えがたい時機を待つ間の流れを失った空間である。大げさに言えば、私のこころがいわば危険な火薬であり、妻は私のこころの一隅にしっかり喰い入った炸薬であった。すぐ燃えつこうとするあやしげな点火の口火をきるものは巷に充満していた。私の苦しまぎれの願望は妻から過去の記憶を喪失させることであった。しかし意識をそのことに集中するとむしろ手に負えぬ様相で過去はひょこひょこかま首をもたげた。すると妻は反応を起し発作状態になる。私は引きずられ、悪循環の中で限りなく弱く醜くさわぎはじめて姿勢をまっすぐ保つことができない。それはむしろ妻の私への不信をますますかりたてることにしかならない。

船の中は私ら二人を一応周囲の世間から断ち切った。そこには私と妻と二人だけの密室があった。司厨員は私たちの現住所が病院となっていたことから気をきかせて二人だけの部屋を用意してくれた。私と妻は結婚後十年目にはじめて蜜月旅行を厳かに施行する理由を持った。三度の豪華な食事は手を煩わさないで、よく整頓され飾りつけられたサルーンにしつらえられた。化粧室は充分洗滌され、浴室は毎日二人だけの時間が提供された。私たちはたった二人きり。この船の中にいる限りは、誰も私たちを追いかけては来ない。私らは私たち二人だけの姿を見つめ合って、結び目をかたくすればよかった。船酔いという邪魔者は私たちには無用であった。妻は船酔いというものをほとんど感じない体質を持っていた。むしろ少しは航海が荒れた方が食慾が進んだ。デッキに出て陸の山なみや島影が見えるよりも水平の彼方までどこを見廻しても何ものも眼に止まらない状況を好んだ。大海原のただ中に一個の人智の限界が翻弄され、大きな揺れが彼女の肉体に響いてくると、妻は言いようのない陶酔を覚えるようであった。その場合私の方は多少船酔いのために悩んでいる方がよかったようだ。すると妻は私を介抱し始めたのだ。それは妻が反応を呈しはじめてからというものほとんど考えられなかったことだ。私は心の中で雀躍りして喜んだのだ。これは或いは私らにもやがて未来が訪れてくることの先ぶれででもあろうか。それでもこころみにおびえた私のこころはかじかまっていて暗い顔付から解放されることがなかったのだけれど。しかも私は妻の一種の発育を見守っていたといえる。船室や浴室での妻の姿態はスポーツ選手のように私の眼に写りはじめた。サルーンで妻は一番健啖であった。もっとも同船者は私たち二人を含めてもたった五人であった。そしてその三人はいずれも沖縄島か宮古島の人たちであった。私は彼らがみな本州島や九州島の人でなかったことを感謝した。妻はすでに敏感に或る類型の容貌に厭離し、それを認めると嘔吐する。私らはそのためにそれらの場所を離れたのだ。妻の、そして私の心も安らかな気持にさせる容貌は、南西の孤島群の、強烈な潮風と多雨と暑熱にさらされたあの贅肉のない彫の深い顔付だ。宮古の老基督者と、糸満のアメリカからの帰郷者と、東京で服飾術を習得してきたという那覇の少女は、三人とも私らをその容貌でおびやかすことなく、むしろそれぞれの形で孤島苦の受苦をかくしたつつましい豊かさが、私らを郷愁のような安らぎの中に置いてくれた。妻はいきいきとして来はじめ、サルーンでの食事時がいっそ待たれた。豊富な食膳は眼に見えて妻をふとらせた。航海中にひとつの小さな颱風が通過して行ったことは、かえって妙にはしゃいだ活気のある気分を私らに残してくれた。

私は妻のこの帰国に、細長い本州を汽車で鹿児島まで縦断することなく、全く船旅に頼ったことをどれほどよかったと思ったか。この船旅によって私らは何ごとかが変化するひとつの儀式に与ったとでもいえようか。私らはうしろをふり向かずに新しい生活の場所に向って行く覚悟ができたようであった。

小さなその島の中に二千米近い高峰を憂鬱げに抱えた屋久《ヤク》島を左手に、そして口永良部《クチノエラブ》島の平凡な島影を右手に見て船は進み、太陽が波の彼方に沈み行く頃おい、私たちはほわっとなま暖い層に取巻かれてしまったことを感知した。私たちは明らかに異なった圏内にふみこんできたことを知らないわけにはいかない。それはからだ全体が（或いはこころをゆさぶりかねぬほど）一種の違和の感じでしびれて来た。違和といっても不快というのではなく、新しい場所に出て行くための晦冥の中のめくるめきと酔いの気分に近く、いわば私らは脱皮したのであった。すでに私たちの選びとった大洋の中の離れ島である小さな奄美大島が急速度に眼の前に大写しになって来た。

横浜を離れた七日目の払暁、薄明にそのかたちの定かでないひとつの陸地がぐんぐん近づいたかと思うと間もなく名瀬の港口の三角なりの立神《タチガミ》岩が認められ、その奥の方に眼を向けさえすればひと握りにできそうな名瀬の背の低い狭い市街が展べひろげられていた。

　ここを過ぎて私らは救魂の場所としての奄美大島にはいる。この島の一隅に私はかつて戒衣をまとって棲息した。それは当時特攻隊と呼ばれた異常な生活団体であった。それが生活と言えたかどうか、とにかく私はそのときひとつの精神的危機に臨んでいた。その頽廃から辛うじて私を救ってくれたものは、この島に生を享けたひとりの娘であった。彼女は私の妻となり、十年の歳月が流れ悪鬼に憑かれて悩む魂を抱いて再びその故郷の島山を見た。それらのすべての原因は私が背負わなければならない。私の卑小さは償いにならない。私は再びこの南海の僻境の島によって再生し得るだろうか。私はとかく伏せ勝ちな眉を、もう一度上げなければならないだろう。すでに私らには子供が二人いたのだから。

　その子供らはその市街の出っ鼻の手の届く突堤のところに親たちを迎えに出ているはずであった。東京とその周辺で入学間もないひと月の間に三つも学校を転々とした上の男の子供は、耳なれぬ島言葉に囲まれてどんな感情を育てているだろうか。多分気候や水質の激変のために、からだ一ぱいにできたふきでものに、熱まで出しているという下の幼い女の子は、母親のいないはじめての土地で、どんな不安におびやかされているだろうか。私は病院ではただ子供らの名前をとなえるだけで、胸のこみあげてくるのを抑えられなかった。かつて親たちの不在のさびしさのあまり深夜の駅前広場で、冬の寒空に寝巻ひとつで幼い兄妹二人だけで石けりをして遊んでいた姿、妻の入院中の毎日をほとんどなっとう（子供らは落語のおとしばなしからもじって「ジャニナットウ」と呼んで、好んでいた）とみそ汁を食べさせていたこと、妻の発作に堪えられぬとき子供らの不充分な表現にいらだち、やつあたりしてお尻を痕が残るほど強く叩いたこと、島に先に行くため病院に別れに来たときの下の女の子が歌ったでたらめ歌の文句や（マルイマルイマックロイ月や、サトニキタヤマニキタノミニキタ春）、島からよこした上の男の子のたどたどしいひらかなの長い長い手紙の文章が（おとうさんおかあさんはやくあまみおおしまにきてくださいよね）、私らをまことに涙もろくしていた。

はしけに乗り移って突堤に近づいて行く私らの眼に、妻の叔母や、叔父といとこたちの間に、小さな小さな、南国の強い陽の光でずず暗く焼けて痩せてしまった、二人の子供の姿が、うそのように、焼付いて来たのであった。私は思わず、唇をかみ、下を向き、なぜか、よるべなき漂泊というようなことを感じ、涙を落してはまずいと迸る気分に逆らうように、他方妻のショッキングな激情の発作を怖れながら、こうもり傘を高く振って突堤の出迎えの人々に合図をしたのだった。

私と妻と、そして子供らとの新しい家庭生活はそのようにしてはじまった。いわば手負い傷の私たちの家族は、叔父や叔母たちの深い好意でその広い屋敷内に住むことを許された。その長男のために用意されていた建物が私たちの生活の場所として与えられた。妻が完全に忌むべき反応から解放されるためには長い時の経過を必要とするから、よそ目には堪えがたい状態の私たちの家族を、叔父や叔母やいとこたちは、かつて私の出会ったことのないほどのあたたかさで手厚くかくまってくれた。妻は快癒への道を歩いてくれるであろう。島の風土は私の体質を変え、子供らは島言葉を自在に操り、妻は再びかつての自然を取り戻すであろう。私は彼等に自らを捧げるであろう。妻はその日々の多くを、広い庭の畠作りや花作りの力仕事に向けて、それを冗談に「苦行」と呼んでいるのである。それは多分絶望的であった不眠から妻をつれ戻してくれるであろう。妻のその意志は、たとえ爾余の時間がいくら灰色に塗りつぶされようと、私を鼓舞するのである。それらの日の夜、肉体の疲労から、反応を誘うけちな悪鬼どもにつけ入られることなく、確実にからだをほどいて眠りに落ちこんで行く妻を、私は腕の中で感じとるその「時」ほど心の安まることを、今の私は他に知ることができない。

埴谷雄高と「死霊」

少くとも理解の端緒がほどけ出すために、十年の歳月を必要とした（私にとって）と、そんなふうに、彼の、「人類にとって最大の目標」を「目の前の一冊の本のなか」でやろうとしている所のその当の「死霊」について私は考える。

一方に於いては帰依者や断言者による十年間のこけむした伝説がそれにつきまとっていてたやすく近付くことが妨げられていたともいえるが、むしろ「死霊」はいわば埋葬されていた。それが墓石をおしのけて今復活した。これはひとつの動きの予感の気配だと、私は今そんなふうな事を考えているとしか言えないようだ。

彼の作品について考えることは即ち今の所この未完の大長篇のほんの端緒に過ぎない「死霊」（1）一冊について考えることと同じだと言い切って差支えない。「死霊」の前後の作品の一切、すなわち Credo, guia absurdum とか「洞窟」とか「意識」とか「虚空」とか又、若干の随想風な小品や詩、論駁の為の文章などすべては、ひとたび「死霊」の前に出されては、しぼんだぬけがらに等しい。と言うよりむしろ「死霊」の解説としての役割をになってこそ、はじめてそれがふくらみとつやを持ちはじめる、と言った方がいい。おかしなことだが彼の五年間の病臥による不吉な沈黙までが「死霊」を解釈しているのに気付く。そのために「死霊」は一たんは深く深く沈んだ。彼はその間太い意志的な沈黙で「死霊」の構築を守った。これは驚くべき意志の歴史だ。

少くとも私にとって、彼の一切の作品活動は（もちろん論争やまた座談会の不完全な再録などを含めて）「死霊」を片手にしてでなくては無意味だ。たとえば「戦後の文士を論ず」という読物ふうな文章でさえ、「死霊」に照射されたとたんに、いきいきと生付くことが分る。

さて「死霊」とは、ところで、どのような作品か。

先ず何よりも、その「堅さ」を言われなければなるまい。断って置くと、それは私にとって必ずしも理解が容易ではない。それは敗戦直後「近代文学」の創刊号で「死霊」を読みかけたときの私の滑稽な防禦的な姿勢を言えば足りる。あるいはその姿勢を私は現在もなお持ち続けているとも言える。

あの一種の天才的なワニスくささに私はつと触覚を引っこめたのだった。それなら、何が私の手でシャベルをとりその屍棺の上に土くれをかけて埋めることを躊躇させたのか。それは再び言うがその「堅さ」だ。その「堅さ」が何であるかを、今私はときあかして見せることを多分なし得ないだろう。あるいは充分に点検された意識が記録されているというようなことを言ってみても、またレンズみきの姿勢と、のみのうち方がはっしとみずぎわ立っていることを言ってみても（このとき相馬の在郷給人・般若氏、という考えのひらめきが私の頭脳をよぎるのを防ぎ得ない。それはすぐには何にも結びつかないが、私が子供のとき祖母と二人きりの白昼の田舎道で祖母の口から出たハンニャという苗字の発音から受けたショックを今に忘れることができない。埴谷さんは自分をハイマート・ロスと呼ぶが医学的に系統をたどれば、半分は相馬で半分は薩摩のはずだ。その二つの土地は、どういうわけか知らないが、その支配者としての武士たちの土地私有が、ゆれ動きながら成長し固着し頽廃する長い間にただの一度も国替えにならずにすんだ我々の国の中の唯二つきり〈と誇張して言っておこう〉の封建領土であった。これも彼の作品とおそらく関係はない。関係はなさそうなのに私の頭脳をよぎるこの考えの断片を防ぎ得ない）つまり、もちろん充足されない。蜂窩のような僧房をいくつも持った近代的ビルディングと見まごう、どろどろに地形の崩れた砂漠に建てられた喇嘛寺のような建物、その僧房のひとつにおいてさえ病める（？）魂にはおそろしく快いロマンが展開されている、そのような僧房がおしげもなくいくつもいくつも開かれようとしている気配、とそんなふうに言ってみても、対象は逃げる。

　われわれに与えられている限りの「死霊」の（というのは、第四章の一部？　が既に書かれていると考えられるが）その中の幾人かの登場人物をこんなふうにふわけしてみても、ほとんど意味がない。例えば、白痴の少女、処女の淫売婦とそのかくれた報いられざる護衛兵、若い精神病医、刑務所で発狂した黙狂の青年、「人間は遂に人間を超え得るか、否か」という思考を極端化させた形で追求している青年と、屋根裏部屋に住んでコウモリや朝鮮人の鋳掛屋や白痴少女とだけつき合っているような閉じこもったその理解者若しくは解説者、陰謀家らしい「一人狼」と自称しこの異様な登場人物たちの間をその活動的な言行でつなぎ合わせて行く男、警視総監とその夫人（女たちはみんなヒステリー）等々。（そういう腑分けの方法に興味を持つのなら日野啓三の「埴谷雄高論」が先ず先駆的な役割を受持っているのだが）。

風癲病院（精神病院といわずその古い呼称をえらんでいることに注意しよう）が先ずこの作品の舞台として展開されたことは、この作品の宿命ともいうべきであった。そして今将に大都会の運河地帯が深い霧の中からその全容を現そうとしている。昨年私は約半箇年の間埴谷さんの言うところの風癲病院の患者部屋に生活していたそのときに、「死霊」の構築を羨望したのは、私の病的なひとつの拘禁反応に過ぎなかっただけだとも思えないのだが。

さて彼の表現の手品のほんのひとつを示してみよう。舞台に登場することをいやがる人物を、むりやりに（と言っても、甚だ知的に）引っぱりあげた時の、ぶざまな崩れた姿勢（或いは甚だしく人間的なと言ってみたいほどの）を凝視することがそのひとつなのだ。そこには何か陶酔と言ってみたいようなものもある。彼の作品の中の議論の奔激も又ここに起因すると私には思えるほどだ。

与えられた紙数がとうになくなってしまったが、花田清輝さんとの最近の論争のことがどうしても頭にこびりついているわけだ。そこで「死霊」の作品についていえば私には、やはり「死霊」を片手にして、いっそう明確にその論争の文章が理解できて来るふうに、処理している。しかし東京を離れて、地方でもよむことのできる発表された文章だけではよく分らない所が多いから私は鬱屈して論争はそれぞれの役割をはっきりさせてくれるように見える！　と思ってみたり、これは彼の作品の中の（ということはつまり「死霊」の中のということになるが）一人物の言葉にくみ入れてよんだ方がいいのだなどと思うわけだ。

いやそうではないかもしれぬぞ、あるいはここから傷口があらわれてくることを渇望しみつめているのだぞ。私は、それはやがて彼の方法なのだと気付くわけだ。自身が逆に被害者になってみるわけだ。そうすると舞台がぐんと広がるのだ。やはり森がざわめき出した気配が、私のいる南端の群島地帯にまで動いてきたのか。

非超現実主義的な超現実主義の覚え書

眼に見えたかたちだけが安らかだと思いたがる傾きがあって、眼に見えないものにはおそれが先立つ。眼に見えたもののように何かが表現されていなければ、落着きを失い、それはじぶんとはかかわりのないどこか違った世界のできごととして避けてきた。理解しようとこころをうごかすまえに、しりごみして、その影響のそとにでたがる。しかし眼に見えたかたちだけでは理解できない無数のものに取りかこまれていることを認めると、足がすくんでくる。それはわれわれをなやまし続けている亡霊のひとつとなった。しかしそれを拒否するだけでは、その知ることのできないゆがんだかたちのものにますますおさえつけられるばかりだから、限りなき小胆が、しかしどこまでも、かたちのはっきりしたものだけを、そうでないものから区別して、じぶんの味方にしようとはたらきはじめ、しかしわれわれは対象を崩したり組みたてたりすることになれていなかったから、対手はおさえようもなく大きくなって行くばかりだ。それらはからみ合っているために、意識すればますます窮屈な場所に身をちぢめこめなければならないことになった。知ることのできないゆがんだかたちのものは、こちらを併呑した。それはどんなにかわれわれを威嚇したことか。区別し隔離することに失敗すれば、われわれわれは敵のただなかに武者修行をはじめなければならぬはめになった。敵は亡霊のなかだけでなく、その利用者としても現われていた。小胆を表札にかかげておいても、敵は容赦なくひとのみにおそいかかってくる。

仮に自らを処分しなければ、この無慈悲なこころみのなかで、習熟し馴狎することのないぶざまな舞踏を舞い続けなければなるまい。その舞いも又連続させられず、そのため、ぶざまな状態に習熟することさえない。習熟するかとみえると断絶におそわれそしてその断絶の淵におちこんだまま凍死することもできず、又もや習熟の場にはいあがって行く。それは永久にくりかえされる機構だ。そこから脱けでたいと考えるが、あらゆるつばさはもぎとられているから、脱けでて行く道はふさがれているようなのだ。ひどいはじらいが、対象を切りくずし且つ組みたてる技術に手をつけることをさせず、素朴でおかしな胎内旅行がはじまり、それを続けなければならない。さわやかな光はみな手前でそれて流れ去ってしまい、光の利用者たちが凱歌をあげているおそろしい声からのがれられない。が又してもはじらいが湧きあがり、もはや転身しなければ、効果を期待することはできないと考えても、なおこの場所をぬけ出せない。やがて、天地はくらみ、かすかながら与えられていた、うすぐらい、ごく身の廻りの光をも失ってしまうと、「眼に見えたかたち」は喪失してしまう。当然そこに安らぎが広がり、眼に見えないもののおそれは、その安らぎに場所をゆずる。あれほどおそれていた敵は依然としてあるが、敵の眼の下で、ゆるやかに表現のしみが広がって行く。「かかわりのないこと」がなくなってしまったのではないが避ける気遣いに心くばることなく、表現じしんが、みうちの満ちてくるときめきを覚え、日常は夢の中にも侵入する。しかしもはやその日常は超現実とも言えない。われわれの周囲の「眼に見えたかたち」だけの現実もそこに持ちこまれ、眼に見えたままに表現されていないような装いが生れてきても、眼に見えないもののおそれをじぶんのうちがわに消化してしまったのではない。それは、つと逃げてなおその外側に、はなれたままぼんやりとそしてはっきり位置をもつ。広がった日常はいっそう危機に追いこまれる。これがわれわれの現実の広がりを獲得するについての理解の程度であった。ついにわれわれはシュールレアリスムをつかみだすしごとに成功しなかった。が介山のテンポ（といっても竜之助ではなく弁信や与八の緩慢さ）が沼の眼のようににぶい光をたたえ又与志雄が或いは白昼の宙空にまぼろしの如く巨大な提灯をかかげていることを摘出してわれわれに許された手がかりを主張できないわけではないとしても、われわれの過去に metamorphosis も transsubstantiatio の経験も含んでいない限り、あてどなくゆれ動くはきけを支えることは困難である。乱歩や虫太郎がわれわれの郷愁をとらえても、なお彼らを手放さなければならないのは、そこのところの長いあいだの不凝固、そしてそのなかでの習熟が悪臭をはなちはじめるからではないか。それは与志雄をも迷霧のなかにまきこもうとするおしなべての力をもつ。露伴と介山が屹立して見えるのは、われわれが河を渡ってしまったからだ。こちら側から見ると彼らが超現実の容貌を帯びて見えてくるというあやしげな状況がある。しかし緊張を持続せぬ限り塔は崩壊し、そこにしらじらと白骨の堆積を見るばかりだ。映画は、かたちをあらわにかたどって見せるからわれわれのこの焦躁を写しとることはできない。焦躁も正確にうつしとるならばひとつの解放だが、撮影技術のトリックだけをいくら重ねても、われわれがようやく手にいれた「シュールレアリスムをつかみ出せない」かけがえのない状態を、あきらかに、現わしてはくれない。まずそこのところからわれわれの希望はふくれあがるが、われわれのまわりには多くの飛躍が跳梁する。飛躍はとたんに現実に転落する。「眼に見えたかたち」のままの写しとりのつみ重ねの末に、ふと現われたゆがみこそがわれわれを鼓舞する。それを果して期待できないのかどうか。「ミラノの奇蹟」も箒にまたがったまま空をとぶ場面ではかえって現実が不快なきしりの音をたてはじめ、「オルフェ」の逼いまわりが内部のしこりをときはなすことを教えられた。われわれのまわりでは、昭和の十年代に吐夢の「東京千一夜」の無意味の貼り合わせ、に望みがもてたが、敗戦後のあらたな収穫が、われわれのはきけを催している場所をどのように表現してくれたかについては今の私の居場所の南のはなれ島では点検しようもない。

妻への祈り・補遺

二年ばかり前、私はこの「婦人公論」に「妻への祈り」という手記を書いた。それは私たち夫婦の精神病院入院のあとさきの記というようなものであった。雑誌に発表されたときの表題は「魂病める妻への祈り」となっていたが、「魂病める」という冠称やまたそれに付加されていた副題と脚注は私には必要でなかったばかりでなく、その手記そのものが落着きの悪いものと思えた。しかし今になって省みればそれは余分なはにかみだったかも分らないのだ。もしそこで少しでも自分をかばっているふうなところが出ていたとすれば、それはその部分みずから腐蝕して行くのであって、私はそれだけのものをしか書くことができなかったのだし、その刈り入れはつまりはじぶんじしんでしなければならない。いやそんな言い方ではなく、私はそれを実はもっと別な目的のために書いたのだということも言っておこう。「妻への祈り」という言い方は、言葉として或いは成立しないかも分らない。祈りは妻へではなく、神へでなければならないだろう。私の気持では「妻のための神への祈り」であった。しかし妻は私にとって神のこころみであった。私には神が見えず、妻だけが見えていたと言ってもいい。その限りにおいて、あの題名は私の精神状況を示していた。つまり私は妻のこころをなぐさめることができるなら、どんな文章をも書くことができると考えられた。私はあの文章を、妻が気にいるまで何度も書き改めた。私はそのためにひどく不機嫌になったこともある。しかし私が不機嫌になることは、私と妻にとって、はなはだ悪い徴候なのだ。私が妻の気分にさからって、そしてそれを是認することは、妻と私にとって、いまわしい過去が、死滅しきれないでぎくっと鎌首をもたげてくることを意味した。私が不機嫌であるという状態を妻は許すことができない。それは私たちの新生にとっての背信行為に等しい。私はじぶんが不機嫌におちこむと同時にいつも、一方において早くこの危機を収拾しなければならないという絶望的なめくるめきにまきこまれようとした。せっかくおさまっている妻の反応が、恰好の獲物を得て再発しはじめはしないか。そういうとき私には私の精神を支えてくれる一つの言葉があった。それは誰の言葉のなかにあったのだったか、多分ドイツの誰かの童話のなかにあった。「おばあさんのすることに間違いはない」、その言葉は私にとって一つの啓示であり、なぐさめであった。私にとっては「ミホのすることに間違いはない」のであった。ミホ、というのは私の妻の名だが、彼女は気が狂うまでその夫を愛した。そのことははなはだしく愚鈍な私の心にも、迂遠な曲折のあとで、するどくつきささった。多分そういうことであったと思う。それは形容だけのことばでなく、白昼の現実として、私たちの家族すなわち私と妻と子ども二人は、その迂遠な過程を、とび越さずに、のろのろ歩いて通った。こまかなことをふり払えば、いやどんなこまかなことをも含めて、ミホのすることは間違いがない、ということが私たち家族の生活の基準となった。

今私たちは奄美大島の名瀬に来て三年の歳月がたとうとしている。結びの言葉を先に言うなら、私たちは日常をとりもどした。病める日々はすこやかな日常とあとかたなく交替しようとしている。もう一度どうして雑沓と多弁のなかにはいって行く必要があるだろうか。私と妻は今安息の掟を身につけた。私たちにもはや彷徨はない。これはあの精神病院での生活のあとさきをさかい目にして私の内部に起ってきたことだ。私はあやまちに満ちていて妻を発病に導いた。そのとき妻は分裂症患者と変りがなかった。医師は妻のカルテに心因性反応と記入した。私たちの日常生活は破壊した。私は動顚し錯乱に近い状態に陥った。幼い子どもらは心の底深いところで傷ついた。私は主体を失い、妻の病める合理主義に拝跪した。そのほかに私と妻の生きる道はなかったと今は省られるが、多分それに違いがなかった。そのときの精神病院の格子の中での私と妻がお互いの臓腑をくじり合っているような狭い緊張のつらなりが、今、甘美のなかで思い返されることは不思議だ。そのとき私はじぶんがみにくく不完全な土偶であることを認めないわけには行かなかった。私は自ら支えている何かを見つけ出すことはできなかった。もし対立の徴候の気配でもあると、妻は外科医のようにその傷口をつつきまわした。妻は、そしてまちがいがなかったのだ。精神病患者とみまちがえられた、幻聴と妄想になやむ妻が、むしろ正気のはずの私を導いた。それも不思議なことであった。

妻が医師から辛うじて日常生活に戻ってもよいという希望を与えられたときに、私と妻と子どもらは、東京の生活を切りあげて、奄美大島に移った。私と妻が精神病院にはいっている間（私は妻の付添としてはいっていただけだが）、子ども二人は親たちから離れて先に奄美大島に行っていた。二年前に求められて手記を書いたときは、私はここまでの私たちの生活の移りゆきを書いた。それを発表することをうべなわせたものは、妻のこころを喜ばすということであった。少くともそれは動機の大きな部分を占めていたと言えると思う。これも不思議なことだが、妻は大へんそれを喜んだ。妻は

「婦人公論」に発表されたその切抜きをいつ読んでも頬を紅潮させて感動を示した。私は妻のそのすがたに感動し、しかしその度に言いようのない羞恥におそわれないわけにもいかない。

　妻の陥ったような病の状態は、治癒が急激にやってくるようなものではない。前の手記の終ったあたりのところで、私と子どもらは、子どもらの母親のこころの周期的なかげりに、おののいていたわけだ。それは私たちにとって地獄の反映に等しかった。私にしても子どもらにしてもミホのこころの動きにはどんな小さなかげりにでも気がつき、そのとたんに、たとえその日が寒い北風の吹く日であったにしても、私と子どもらのからだに冷汗が流れた。そのとき私と子どもらとは、親子というような間柄ではなく、まるで同囚の仲間のような気分にふきよせられた。もちろんそれは私と子どもらばかりの苦しみではなく、彼女自身こそいっそうひどい被害者であった。最も理不尽に何か黒い一撃にとりひしがれて、もう一度あの精神病院での病状に逆転させせかねない責苦に耐える地獄を、またしても経験することなのであった。

「たった一つだけ、願いごとが叶えられると今誰かに言われたら、あなた、どんなことを願う?」

　妻はよく、そのように、たった一つという問いを投げかけることを好んだが、今では私はすぐそれに返事をすることができた。「お前が暗い顔をしないこと」、そして私の言葉を追いかけるように子どもらがこうつけ加えるのがきまりだ、「お母さんがおこらないようになるのがいちばんいい」。私たちの家で、もし妻のこころがかげれば、その日は家じゅうの雨戸をたてまわして、陽の通らぬ暗い部屋で一日中でもじっとしていなければならないし、反対にもし妻が明るい顔付をしているなら、薫風につつまれた生き生きした一日が私を訪れてくることになる。私と子どもらの間には言葉をかわさないでもひとつの共同作戦の態勢ができていて、お母さんがいらいらするようなことはどんなことでも避けて通ろうとこころみる。それは一つの掟のようなものだ。少くとも私と子どもらは、このことで掟というものの現実の顔付を理解しているようだ。そしてその掟に従っていれば、どんなにみんながしあわせであるかということも知っているのだ。ミホのすることは無条件で、いいことだということが、私の家の中での掟となった。彼女のすることにはまちがいはない。もちろん、このことは彼女の加計呂麻島での、あまり例のない（というのは入院中の医師の精神分析のあとでの診断であったが）生長期の生活や、あのふだんの生活を失ってしまった病める日々を含めて、そして私と子どもらとのかかわり合いの中でのすべての均衡のなかで、私たちにとってそうなったということだ。

十年という期間を私はひとつの折目と考えている。今私たちの生活は外に向ってはかなり閉ざされている。それはいくらか病的なことにちがいない。しかし私は十年間は私のこころをゆるめないで、今のままの態勢を続けようと思う。私の仕事は、妻とそして子ども二人のこころのなかに私が植えつけたしこりを完全にときほぐすことなのだ。それ以外に私の仕事があろうとは思えない。そのためには、もちろん私は自分自身のこころの内と外とで、私の身にあまるたたかいを、たたかい続けなければならないだろう。そして多分過ぎ去った四年をも含めて、十年後に私たちは希望に満ちた展望を手に入れることができるだろう。そのこころづもりの上からは、今私たちが享受している安息は、私には過分のものだとも言えそうだ。

私たちにとってさいわいであったひとつの経験を書いておこう。一年ほど前のはなしになるが、私と妻は名瀬に移り住んでからはじめて二人きりでの旅行をした。半日をバスでゆられて南大島の古仁屋《コニヤ》に着いた。それから発動船にのって久慈《クジ》というさびしい部落に行った。そこで埋没している爆発物発掘工事の現場を見た。そこはもと海軍の特攻艇の基地のあとで、コの字形に掘られた三十米ばかりの隧道艇庫が崩れ埋まっていた。そのそばには「震洋隊遭難者之碑」と書かれた、まだ新しい石碑がたてられてあった。沖縄戦のたけなわの頃、隧道の前で整備操作をあやまった特攻艇が爆発して、十数人が死んだ。死者のなかには隊長の三木中尉もいた。そのとき隧道の入口が崩れて埋まったまま今日に及んだのだが、もしそのなかに未爆発の二百五十瓩㊃《マルヨン》兵器が残っているとすれば、それは大へんな危険なことになる。どうしても掘出して処理しなければならない。その上、隧道内の誘爆で死んだ者の骨がひろえるかも分らないという期待もあった。危険な作業のあとで、やっとはいることができた隧道のなかには、十二年前がそのままになっていると思わせる何か凍りつくような「確かさ」があった。うかつにも私は、艇のかたちをしたものが何隻も横たわっているのを認めようと予期したほどだ。しかし私たちが見たものは、隧道を支えていた杭木が白骨のようにもつれ合って崩れ落ち、その下で、ベニヤ板の艇体が腐蝕し果てて土に化しているすがたであった。エンジンとか燃料タンクや艇をのせていた運搬車の鉄骨だけが落盤に埋もれていた。そして果して、あのおそろしい半月型の火薬兵器が、あちこちにそのさびた鉄肌をのぞかせていた。

それから私と妻は再び発動船にのって加計呂麻島の瀬相《セソウ》の部落に行った。もちろん、そこにあった大島防備隊の面影を見つけ出すことは困難であった。僻島の小部落の船つき場にしては手のこみすぎた長い石垣の岸壁が、わずかにかつての兵士らのざわめきを想像させた。ただ私の頭のなかでは、草茫々の兵舎あとの広場のあたりからきこえてくるホイッスルのするどい幻のひびきをふり払うことができなかっただけだ。私たちはなお山道越えに呑《ノミ》ノ浦《ウラ》の部落に歩いて行った。そこでなお私を隊長さんとよぶ部落の人たちの声をじぶんの耳できいた。死んだ三木中尉と同じように私は呑ノ浦の基地にいた。静かな細長い入江の両岸にかけて、十二の隧道艇庫の入口が、入江面に向い合ってコンクリートのまかれた白い口を今もなおあけたままでいるのを眺めたときに、この旅行は私と妻にとって微妙な危険をも含んでいたことに気がついた。言い知れぬ戦慄が背筋を走った。私たちはここに来ることが少し早過ぎたのではないか。もっと時が経過し、また妻の反応の波も完全に低くなったそのあとで来るべきではなかったろうか。本部跡に立ち、日没後の薄光が次第に黒ずんで行く入江の面ににぶい反映をおとしているのをぼんやり眺めていると気が遠くなり、こころがこなごなに砕けちってしまうような頼りなさを覚えた。

やがて私と妻は、押角《オシカク》の部落への峠を上った。私は深夜にその峠を何度通ったことだろう。のぼりつめた峠を少しくだると部落の灯が見えた。日はすっかり暮れきって、明らかな月かげが投網を広げたような入江を底光りさせていた。かつてはそこでどんなに深い霊感を、私は得たことだったろう。しかし今、私たちは、その部落に峠の坂道をかけおりて、とびこんで行くどんな場所もなくなっているということに、思い至らないわけにはいかない。敗戦後、妻は年老いた父を広い屋敷にたった一人残して、神戸の私のところに来た。そのあとで奄美群島は、日本の行政から切り離されてしまった。老父はひとり寂しく死んだ。法律の上での後継者はできていたが、老父には一人娘のことを考えるほかは、何のなぐさめもなかった。しかも、彼は自分からすすめるようにして、彼女を私のところにくれてよこした。まだ母親が死ななかったときの老夫婦と一人娘の生活は、信ずることができないようなお互いの深い愛情と理解のなかで展開されていた。入院中の妻を医師が精神分析のなかでも指摘したように、一般には想像することもできないほどの、彼女の両親への没入があった。自分の生涯で両親から叱られた記憶が一度もないなどということが、どうして考えられるだろう。しかし彼女はその大へん稀な場合の当人であった。私たちがふだんに悩まされなければならない父親や母親に対する扱いにくいコンプレックスなど彼女には想像もできない。彼女をとりまいていた環境は、次第にくずれつつはあったけれども、しかしまだ彼女の両親の生きている間は保たれていた、部落の人たちからの特別な待遇の享受であった。彼女は部落のなかでただひとり、「カナ」という愛称で呼ばれた。これは古い琉球風の生活風習が比較的最近まで抜けきれなかった南大島の離れ島での、いまは失われた「ものがたり」と言っていい。

彼女の幼年期の記憶のなかには、捕鯨のために契約したノールウェイ人や真珠養殖のときに来ていた志摩の人や海女たちの群像が、青いベールのかなたでうごめいている。しかし今それらの記憶のよりかかるべき根拠地は根こそぎなくなっているはずであった。幾棟もの家は沖永良部島に売られたと伝えきいた。杉山も蘇鉄畑もそのほかの田畑もどうなっているか分らなかった。私はじぶんの軽率にほぞをかんだ。私は慎重に慎重に、薄氷を皿に捧げもって歩くほどに気を配ってここまでやってきたのに、今、何の魔がさしたか決定的な失敗をおかそうとしているのではないか。私は妻を支えて歩きながら、からだのしんからふるえが起きてくるのをとどめられなかった。

やがて、私たちにはぬけがらも同然な部落にはいった。最初に妻は墓地へ行った。そしてそこで働哭した。私は妻がその父と母の墓石と土まんじゅうに頬ずりして泣き叫ぶのを見た。私は妻を墓地から引きはなすことに絶望を感じたほどだ。やっと墓地をはなれて私たちは廃家となった屋敷あとに行った。家のかたちはあとかたもなく、老父が百花園と名付けて咲きほこるにまかせていた庭一面は、いたずらに雑草がはびこっているだけであった。さて私たちの行くところがどこにあろう。いくらか私たちが気持をよせて行くことができるのは部落の年とった人たちのところだけであった。そして果してケサンマやサイウジやケーアネたちが、そして妻の幼友達のズミの一家が、戦争のころのように私たちを迎え、また妻を昔のように「カナ」の扱いをして彼女の昔とかわる移り行きの悲運を泣いてくれたことをのぞけば、私たちはこの部落にとって、もはや何物でもないことを知らされないわけには行かなかった。月の光は昔のように南の島だけの、やわらかい明るさで、部落のすみずみに、ふりそそぎ続けていたのに。

さて、あくる日の朝まだき、みすぼらしい宿屋のかたい寝床で浅い眠りをまどろんでいた私は、妻のうわごとで眼がさめた。「あたしはどこにいるの？　早くジュウ（父）のところに帰らなければ……」そう言いながら彼女は焦点を失った頼りなげなひとみになってしまっているではないか。私は妻をゆさぶった。そして一刻も早くこの部落を去るべきだと考えた。船着場には部落の人たちが沢山見送りに出た。私たちはもはや伝説のなかの人であった。発動船が桟橋をはなれたとき、私はがまんできずに泣いてしまった。ズミが古仁屋まで送ってきた。だが不思議なことに、古仁屋から名瀬までの長いバスのゆられのあとで、妻はおこりが落ちたように、しっかりした挙措をとりもどした。妻のこころのなかでどういう作用がおこったのか私には分らない。とにかくそのあとで、妻はぐんぐん快方に向ったのだ。島に帰ってからの四年の間に、カトリックの幼児洗礼を受けていた妻はその信仰をもとりもどした。マリアという洗礼名の上にアグネスという堅振名も重ねた。

私は今この手記を熊本の旅宿で書いているが、この度のように長い私の出張旅行にも、妻は耐えることができるほどに、かつてのすこやかさをとりもどしている。旅先では私たちは毎日手紙を書いて話しかけをする。七島灘のへだたりはむしろ私たちには快い介在だと言ってもいい。義務のある仕事が終れば、私は島にすっとんで戻るだろう。今度の出張旅行のこころみのあとで、妻はまた一層堅固なこころを与えられるだろう。私たちはあとあとも島をはなれたくはない。私たちの子どもらも育った。下の女の子のマヤでさえ、こんな詩をつくって旅先の私に送ってよこすほどになった。

まやのうた

はまゆうの花がしろい
よういにおいがする
きれいとおもう
すずしいかぜがくる
ほしもきれい
むしがきれいな音をだして
うたっている
みちを大ぜい人があるいている

いえの中ではおにいさまとまやと
ゴミサごっこをする
おとうさまはとおい
くまもとにいる
まやはさびしい
おとうさまはやくかえりますように
マリヤさまにおいのりする
はまゆうの花は白い

ヤポネシアの根っこ

本州や九州に住んでいたとき私はしきりに大陸が気になった。シナはいうまでもなく蒙古だとか中央アジアやもっとその奥の方に想像は自由にのびていった。しかし四囲を海でとざされた日本の島の中からぬけ出すことは出来ないだろうとあきらめていた。大陸のことを学ぶと頭の上から重いおもしをのせられ、そこで何か会得したものが次第に沈澱していく気持をもった。

偶然が私を奄美にしばりつけたとき、今度は本州や九州をかつて大陸を考えたときのような気持で見ていることに気がついた。そしてぐるりをすきまなく海でとりかこまれた奄美の島の中からぬけ出すことはとても出来そうもないと考えた。でも島の方から本州や九州を学ぼうとしたとき、大陸に対したときと少しちがう反応を示すことに気がついた。頭のてっぺんから浸透してくるのではなく、あなうらのあたりからつきあげてくるようなエネルギーに動かされたことだ。

日本や日本人が何であるかを知りたいという思いはいつのころからか私をとらえてはなさないが、奄美の生活と習俗の中でくらしているうち、ひとつの考えが育ってきたことに気づいた。たしかに日本の文化そして日本人の生活は、大陸のそれをとりいれることによって自らをこしらえ支えてきたにちがいないだろうが、日本の素性をあきらかにするために、大陸の影響の状況をいくら巧妙にそして慎重に腑分けしていっても、とどのつまりはかさぶたをはぎとったあとの無残な不毛の部分しか現われてこないような気もする。もちろん根深くささった大陸からの刺激と貸与を無視しては日本についてどんなことも考えにくいにちがいないが、でもその方ばかりを向いていたのでは、いつもどんづまりの吹きだまりの実験場所という受身の感じからぬけられない思いがしはじめたことだ。そのこととからみ合って、地図帳の上の日本はいつも大陸の末端のところでしかとらえられないようだ。もとは大陸に附属していたが残念なことに、あいだの陸地が陥没してほんのわずかばかり離れてしまったとでもいいたげに！

奄美もやはり九州島とのあいだのかけ橋としての陸地が陥没してやむなくそれぞれの孤島性を与えられたと考えたがっているようだし、北方からの影響に浸りたい願望の強いことは、日本全体の置かれた姿勢と変りはない。でも覆おうとして覆うことのできない海からの誘いが、足もとの方から立ちのぼってくるのをかくせないでいることに私は気づいている。そのことは土地のせまさと南にかたよったその位置がどうしても大陸や本土にひかれがちの目の向きを回転して島々の方に向けさせようとする。それは数々の劣等感をくぐりぬけたあとで確かな活力を与えはっきりわからぬが海を越えた南の方からはたらきかける深いところからの呼びかけが感受される。

奄美の生活の中で感じはじめた、本州や九州では味わえなかったものを私はいくつか体験し、それに或る酔いを感じた。ごくわずかのものを具体的にとり出していえば、民謡の旋律や集団の踊りの身のこなし、会釈の仕方とことばの発声法等……の複合の生活のリズムのようなものが私を包みこみそして酔わした。でもそれは異国のそれではなく、本土ではもう見つけることは困難になってしまったとしても、遠くはなれた記憶の中でひとつに結びつくような感応をもっているとしか思えないものだ。

本州や九州に於いて祭やアルコールのたぐいで意識を解放させたときにあらわれてくる、日常の日本とまるで似つかわしくない放散はいったい何だろう。そしてふだんのときに備えているこつんとしたかたい顔付。その二つのもののふしぎな共存が試験管の中でまぜ合わされている状態の中に、奄美を投げ入れると、放散の底にかくされた深層の表情がかたちをあらわし、そしてひとつの考えが私の頭の中に広がりはじめる。もしかしたら、奄美には日本が持っているもうひとつの顔をさぐる手がかりがあるのではないか。頭からおさえつけて滲透するものではなく、足うらの方からはいあがってくる生活の根のようなもの。この島々のあたりは大陸からのうろこに覆われることがうすく、土と海のにおいを残していて、大陸の抑圧を受けることが浅かったのではないか。

長いあいだ背中を向けていた海の方をふり向いてみると、日本の島々が大陸から少しばかりはがれた部分であることもまちがいはないが、他の反面は広大な太平洋の南のあたりにちらばった島々の群れつどいの中にあきらかに含まれていて、その中でひとつの際立ったかたちを形づくっていることも否定できない。ひとつの試みは地図帳の中の日本の位置をそれらの島々を主題にして調節してみることだ。おそらくは三つの弓なりの花かざりで組み合わされたヤポネシアのすがたがはっきりあらわれてくるだろう。そのイメージは私を鼓舞する、奄美はヤポネシア解明のひとつの重要な手がかりを持っていそうだ。弁解しておきたいのだが、その場所を奄美と限定したのはただそこをしか私が知らなかったためだ。でもたぶんそれは沖縄や先島を含めて考えることが妥当だろう。その区域をひとまとめにしていう適切な名称を見つけにくいが（琉球と表現するのはひとつの意見だ）その地帯にヤポネシアの根っこが残っていると考えることは大きな見当はずれではなかろう。そして日本の、南太平洋の島々のひとつのグループとしての面を考えることは、かたくしこってしまった肩のぐりぐりをもみほぐしてくれるにちがいない。

死をおそれて——文学を志す人びとへ

生育の途中のどこで小説を書こうという気持を起こしたのだったか。幼いときおおよそ何になって世の中を渡って行けるかについて確信も希望もなかったように思える。ひとから何になるのかときかれてそれと答えた覚えもない。軍人には恐怖があり医師は代々医家の生れの者でなければかなわない仕事に思えた。父の生家は農家だから自分にはその血が流れていることを強すぎるほど意識していても、おじ、おばやいとこたちのように土仕事は自分にはとてもできないと思った。しかしそのほかの何にたよって身をたてたらいいのか見当がつかない。身分世襲的な家業というような考えが、どういうわけか私の頭には根強く潜んでいた。父はそのきょうだいたちの中でただひとり、郷里を離れた都会に出て商家の生活を営んでいたし、母の生家の人たちは、父の郷里と同じ地方のあたりで田舎教師などをしている者が多かったからたとえば、そのおじやいとこの生活ぶりに何か文学的な刺戟を受けるようなこともなかった。父が持っていた書物といえば謡と碁に関したたぐいのものだけだ。それに読まれた形跡のない世界文学全集が二、三冊。母が買った皇族画報と婦人雑誌そして一、二冊の大衆小説全集、とかぞえてくるともうほかに思い出せない。その上私は長子だから、兄や姉が買い集めた書物をかいま見るなどの経験もない。もし何か読みたいと思えば自分ひとりで選んでこなければ目的を達することができない。幼いときの私には単行本をえらぶよりは月々の雑誌をとってもらうことが先ず行うことができたことだったにちがいない。「男子の友」が書物という未知の世界をまず開いてくれた。「幼年倶楽部」や「少年倶楽部」がそれにつづいた。単行本を買うことは特別な行為と思え、それには或る決意を必要とした。逡巡をくりかえしたあとで父にそのことを言い、ようやく買ってもらえたものが、たぶん私の文学的な世界の基礎的な構築をはじめた。そのとき店頭で見つけることができた書物の中で、表紙がボール紙でできた岩乗な、そして形も厚さもほかのものよりひとまわり大きな書物を私はえらび取ったが、それはその次にいつ買えるかわからない寂しさがそうさせたのだったかもしれぬ。その標題には千一夜物語とか世界歴史ものがたりなどとついていた。でもそのシリーズのすべてを買うことができないままその中の一冊を半端のままでもっていたから、まだ買えぬほかの部分に何か一番かんじんな事が書いてあって、私はそれを自分のものとすることができずに、暗黒の世界の出口と宏大で権威的なかがやかしい未知の知識の入口の、境のところまで、その門を出入りするよそのひとたちをぼんやり眺めているふうだった。ものがたりの世界と別に、「男子の友」を購読するようになったころから、私の想像に強い刺戟を与えてくれたマンガのことを書き落すわけには行かない。それは最初の、それ以上分析できない要素のように今なお私の感情の底に沈んでいる。変身、幼女願望、闘争、没落、隠遁、旅行、漂泊、などについての、もとをさぐって行けばそこにつきあたる心的形象の根がそのとき夢中になっていたマンガの中にあるような気がする。多くのマンガの中で私には写実的な「ノンキな父さん」や「底抜けどんちゃん」が理解できず、池部均や宮尾しげを、そして「正ちゃんの冒険」の世界が生き生きと感受された。

ものがたりやマンガがたぶん私の中の世間への不適応の部分を補強し、想像や変形の世界に導いて行ったのだったろうか。不適応ということばを使ったが、私は小学生や中等学校生のころの自分のすがたを、ずいぶん長いあいだ嫌悪と羞恥なしでは思いだすことができなかった。そこのところを抹消してしまいたいと本気で思いこんでいた時期もあった。自分の背丈だけのものが表わせなくて泣顔をしていたとしか思えない。そのこととすぐにはつながらないけれども、それらの日と重なって私の視野の中に幾人かの亜欧混血児たちがはいっていて、彼らの存在は私のむすぼれた状況を解放した。また横浜や神戸そしてそれより少しあとのことだが長崎などに生育の期間を過したせいか、ほかの人の場合よりも白人に接する機会が多かったことは私の運否と言えるだろう。それと共に、区劃され塀をめぐらし、又は高台の手のとどかぬあたりに住む滞在者たちのことではなく、居住を日本人たちの中に選びほかには住むところとてない亡命者にも混血児たちへの感情に近いものを抱いた。貧しさと離れることができずにいる彼らに私は可能性の具体化の過程を感じとっていたのだろうか。何の可能性かときかれても、うまく返答がしにくいが、ぼんやりとながら自分の不適応性を彼らのそれとくらべてみて、そのそばに近づき得るきっかけのあることを感じとっていたようだ。しかし直ちに彼らの生活の中にはいって行ったのではなかった。その居住区のあたりを何気なく散歩することによって、偶然が彼らと出合わす瞬間を待ちのぞみ、かなえられた瞬間に私の動悸は高なり通りすがりの目付を装って行き過ぎることを繰返した。彼らが日本人たちから下目に見られていることは私を励まし、通過の瞥見は私の日々の記録すべき重要な事件であってそれを重ねることが私を興奮させた。その行為の積みかさねによって何が形づくられてきたろうか。私にはよくわからないとしても自分の生活の場所と同じ層のところで世界のどこか反対の場所の人たちが生活していることが私を励ましてくれたように思える。たぶん不適応を適応させる一つの方法が教えられたようだし、それは私の中のものがたりの分野にもつながっているようであった。またどうして色々に違った人種が区別されて生存するのかという素朴な疑問に無関心で居ることができない傾きを芽生えさせられた。私の気持はゆれうごき、差別を確認せざるを得ないと同時にどこが境界線なのかその境目が次第にわからなくなってきて、彼らとの距離はせばめられてきたようだ。これらのことは外界への私の狭い理解を広めてくれたことになったと思うが、そのころようやく広がりはじめた映画の普及がそれをいっそう促し、その影響が自分の方にやってくることを防ぐわけには行かなかった。子供が映画を見ることは禁止されていたが、規則を破る罪過感の中でいくつかを見た。そういう状況の下での映画見物が強い印象を与えないわけには行かず、どうしても外界への理解を拡張して行くことに役立った。混血児や亡命外国人を視野の中でとらえていたことは、私の意識を内部の方からつきあげ、映画の画面で印象を受けたイメージは外の方から羞恥を通さないで私をつかまえにきた。アメリカのホームステッダーの子孫たちの「丘を越えて」隣合う田園家庭生活のかたちやチロルの乞食娘が、ちょうどマンガの中で教えられた感情核のように私の心象の一部にどうして巣食ってしまったかよくわからない。わからないことばかりだが、とても自分が経験してきたとは思えない過去の暗い方をすかし見ると、自分自身を物がたりや作りばなしの方に誘ってきた犯人として微笑しながら起き上ってくるそれらのもののけのすがたを認めないわけには行かない。

しかしこんなふうに話してきてよかったろうか。はじめのあたりで書きそびれてしまったが、「幼年倶楽部」を月々に読むころから（と一応区切りをつけてみても、本当のところそれよりも前のことか後のことかを、それほどはっきり示すことはできそうにないが）私を襲いはじめた恐怖は、人はどうしても死ななければならないことに気付いたことだ。それは父や母やそして弟妹たちが深い寝息をたてている真夜中に寝そびれて苦しんでいる私の方に動かしがたい真実の顔付をして攻めてくる。誰に助けを求めることもできず、生との線を越えてそちらに行けばそこには何もない（少くとも生きていては確かめることができない）死が、底知れぬ深い暗さを擁して口をあけていることが、むしょうにおそろしいことに思えた。自分の脳の許容をはみ出してしまいそうな寂しいおののきにさいなまれ、肌がそうけ立ち、かくれることができない絶望が私をとりひしいだ。ボクハマダコドモダカラ、死ヌコトハカンガエナクテイイ、とむりにほかの考えに気持を移すことによって、どれだけ自分をなぐさめ得たことになったか。死の考えから気持をそらすことができるなら、どんな生きているうちのたのしみのことを考えてもいいとでも決意したのだったか。死後を統御できない自分というものが、一体何であるかを教えてくれるどんなきっかけも家の中にはなかったように思う。もしかしたら戸締りをこじあけてはいってくるかもしれぬヒトゴロシやゴウトウから守ってくれるものを、父や母のほかにはさがすことはできなかったが、夜のやみに取りまかれた家の中で、父や母のすがたがどんなにたよりなく小さなものに感じられたか。父が修得したというタイレイドウやモラロジイのマジックは、信じているふりを父にしてみせることを覚えさせただけだ。タンバリンのひびきと幻灯機のこげ臭いにおいにひかれて通いはじめたプロテスタントの日曜学校では、世の終りの日に人間を焼き殺すために地球に近づいてくる太陽の熱のはかり知れぬ度合いを想像する新たな感覚の恐怖が加わった。それが死のおそれをどうなぐさめてくれたのか、おそれの行方はわからなくなったように見えたが、近づいているものなら早く近づいてきた方がいいと思ったり、気が遠くなるほど長い長い歴史のあとで急にその日がやってくるわけはないと疑ったり、世界中の人間がいっぺんに焼き殺されてしまうことにあきらめを持とうとつとめたりした。信者だけが死後の世界の天国に行けるわけだが、どうしてわれわれの日本にはこんなに切羽つまった末の世になってからあわただしく「そのこと」が教えられるはめになったのかという気持をすっかりおさえてしまうことができなかった。天国に行く道をなぞってみせてくれたバンヤンの「天路歴程」の想像力の貧しさが、それは仏教で示してくれる極楽や地獄の想像図の貧しさにも似ていたが、かえって死のおそれを呼び起こしあおりたてたように思う。父の喫煙や飲酒を嫌悪することと神社の前で辞儀をしないことが辛うじて私の信仰箇条となって残り、そのうちどこかで行き違ってしまって私は教会に行かなくなった。神社の前で辞儀をしないということは私が生育するにつれ、次第に或る抵抗を感じないではその態度を貫くことができなくなって行った。私の心の中に抵抗療法のような方法が芽生えてきて、不適応をむきだしにせずにつくろってしまうことに気持をかたむけはじめる季節を迎えることになる。それは即身的な護身術に似た暴力をどう受けとめるかというようなことについてだ。しかし私にはそれに対抗できるどんな方法が会得できたろう。行きつくところは死の代償によるほかに完全にそれは対抗できそうもない。暴力を先ず用いる側の人間の考えを私は遂に理解することはできないなどと思ってしまう。しかし周囲には、いつこちらを目がけて歩み寄ってくるかもわからぬさまざまの暴力の可能性を含む状況に満ちている。死からも暴力からも私は自分をコントロールすることができないという寂寥の中に落ちた。すべてそれらは私が農家の出自であるせいだろうかと思ってみたり。伝承が私に強いてくる武士という身分の存在したことが、壁のように高くそびえて私の視野をふさいでしまったり。そのころだったろうか、私がふしぎな一つの記録を読んだのは。それにはあの会津の飯盛山で自決した年少の白虎隊の中に一人の生きのこりが居て、今なお高齢を保って現存しているということが書かれていた。私は父母の故里が会津に近いせいか、その少年隊士の自決事件についてはかねてから強い衝撃を与えられないわけには行かなかったが、その中になおどんな偶然が重なったか生き返りが居たということは、いっそうその事件をおそろしいものに感じさせられた。自分がその状況になげこまれた場合のことを考えると、死へのおそれのため身の置きどころがなくなり、幼時の失眠の際の絶望にもどって行くのを感じた。そのようにたぶん私は死ぬのがこわいという咄嗟の思いの間歇的な継続の中で歳月を送ってきつつあった。その途中でそれとからみ合って不適応を認めてくれる状態が、文学には含まれていることに気付いたように思える。認めてもらえても死のおそれの方はとれたわけではないが、だれにも頼りようのない不眠の寂寥の歳月の中で、どんな因果からやがて文学の方に近寄って行ったかがはっきりはわからないとしても、遂に理解することができなかった「天路歴程」の貧しいと見えた想像力の失望の中から(それは布教のためのパンフレットという形式の刺戟とも重なって)或る感情が動いてきて、片仮名のゴム活字や小さな謄写版を買ってもらい、たったひとりで定期的なパンフレットを印刷しはじめたパラドクシカルな経緯のあたりにその端緒を考えてみてもいいのではないかと思う。またそのころ「エジソン伝」をよみ、彼が少年のときに自分自身で発行したという新聞紙のことを知って目のさめる思いをしたことも言って置こう。中等学校の年齢のころまでも断続しながら続いた私の定期刊行物の中には、次第に詩や短篇小説が侵入してくるが、そのとき私の読書は江戸川乱歩や「大菩薩峠」、直木三十五などの世界をさまよっていた。そのあとさきにようやく岩波文庫に気がついたけれど、その中に見つけた「古事記」や「日本書紀」などをたどりながら神統譜をこしらえる作業の方に夢中になる時期がまだしばらくは続いた。

私の文学遍歴

「文学遍歴」という課題にかなうかどうかわからない。私の考えから言えば、私の過去がひとつの遍歴の面を持っていたにしても、それに文学という形容をつけるにふさわしいかどうかあやしい。かえって、文学と形容できる状態を避けてきたのだと言えなくもない。ま、とにかく九大の学生のころのことを思いかえしてみよう。自分の過去をふりかえって文章を書きつけることに今私はそれほど興味がないが、それは現在なお過渡の試みの中に居るからだと思う。この、回顧的なことがらをなまのまま書きつける作業を引受けるには、かなり気持の揺れがあった。書くつもりになった今でも、いっこうにためらいが消え去らない。もし五月十日の九大祭の講演をすることがなかったら、この誘いにひきこまれることも免れたはずだ。しかしその日私は島を出て船に乗り汽車を利用して福岡に出かけ、九大文学部の広い階段教室の壇の上にのぼって、いささかは文学的な内容をもつ若干の感想を述べた。そのことは私に或る弱味を感じさせる要素を含んでいたから、そのあとしばらく私はいつもよりずっと饒舌になり、なにか覆いかくそうとする反応に満ちみちていた。感じやすくなっていた私は誘いに抵抗できなかった。たぶん、むなしさに噛みつかれつつ、この試みに重ねて身を投ずることになるだろう。編集子は九大在学のころから戦争を通過し戦後の時期を経て現在に至る期間の文学的な回顧と所感を要求しているが、今にひきよせてどのあたりまでその作業に堪えられるか見当がつかない。

まず出発しよう。私が、九大、当時の言い方に従い略さずに言うと九州帝国大学に入学したのは昭和十五年の四月だ。学部は法文学部。学部の中には法科、文科、経済科の三科があって、私は経済科をえらばなければならなかった。九大に来るまえは「長崎高等商業学校」に居り、そのまえは「兵庫県立第一神戸商業学校」に居た。つまりどちらもその上の上級学校に進学する過程の教育ではなく、その学校限りの完成教育を与えられるためのものだ。そのころは、もし大学教育を受けたいと希望するなら、小学校を出てから「中学校」にはいり、次いで「高等学校」を経て大学に進むのが一般の進路であった。私の場合は、そのまま社会に出て実務につくだけの内容をもつ教育を受けながら、そうしないで、横すべりしてその上の学校に入った。もともとそういう進学の仕方は順当ではないと考えられていたし、実際に不都合な側面もあった。いわば基礎的な学問の訓練を受けることなしに中腰のまま上級課程の授業を受けることになったのだから。そういう経歴で大学に進学してきた者は、そのころ「傍系出身者」と呼ばれていたが、どういうわけか私が在学したころの九大法文学部には、傍系の者がたくさんはいっていた。言いかえれば、九大法文学部は傍系出身の者にも大学勉学の機会を大幅に開いていたことになる。当時東北帝大の法文学部にも、試験に合格しさえすれば傍系からでも入学することができたが、法学部と文学部と経済学部がそれぞれ独立しているのこりのほとんどの帝国大学には、傍系の者は入学することができなかった、と記憶している。私は父の方針で勉学の機会を与えられたが父はいつでもその仕事に息子を役立てることを期待し、それにふさわしい速効的な商業教育を受けさせたいと望んだ。なぜなら、父は輸出向けの絹織物を外国商人に売込む個人商店を経営していたから。卒業のあとさきのころ、もし店の経営が順調であれば彼はその息子にもう一つ上級の実務教育を身につけさせたい気持を起こした。重なった時宜を得た偶然が、私を大学まで導いた。そして私は屈折しながらも大学教育を受ける機会をつかむことができた。

私にどうしても九大で学びたい気持があったわけではない。母を私は神戸商業の五年生のとき失ったが、父の商店の経営は母の死後に調子が出てきた。大学教育が許されるようなことは母の生前には考えられなかった。私は中学校にはいれなかったことに強いあきらめを感じていた。しかし商業学校を出てもなお上の学校にやってもらえることがわかったとき、どこでもいいからどっか神戸から遠くはなれたところに行きたいと思った。私の頭の中には小樽と長崎と鹿児島の高商があったが、結果として長崎高商にはいった。父が大学教育も許してくれたときも私は自分の行方にどれほど希望を持っていたかわからない。もっともその大学はあらかじめ父の強い意向で神戸商大がえらばれていた。しかし二年続けて入学試験に失敗したとき私はそのまま実務につくことを考えた。自分がはいって行きたい仕事がはっきりしていたわけではない。自分をその中にはめこんでしまう職業を具体的に考えることに私は確信がなかった。それまでも或るときは父の取引先の商店の店員となってアメリカに行くことを考え、次のときには時代劇をレパートリーとする劇団にはいりたいと思い、また灯台守とかフィンランド語をえらぶ外務書記生の試験を受けるつもりになったこともあった。連続不合格の気落ちもあって、実社会に早くもぐりこみたい一途な気持に余裕を与えてくれたのは弟や妹たちだったような気がする。私は福岡に試験を受けに行き、そして合格が許された。冴えない気分が私を覆っていたと思う。

はじめどういうふうに大学にやってきたかをはっきり思いだせないが、そのときすでに福岡には二、三の友人がいたから、そのうちの誰かをたよって出てきたはずだ。そのまえの年の昭和十四年に福岡市に「こをろ」と名づけられた文学同人雑誌のグループができ私も加入していた。二、三の友人というのはそのグループの同人たちであったし、そのあと福岡での私の三年半の生活について、「こをろ」にかかわる部分を抜き去っては考えられそうもないから、「こをろ」結成のあとさきのことにさかのぼって書いてみよう。もっとも私は昭和十八年の末に発行された終刊号までの十四冊の「こをろ」を今は一冊も持っていない。あやふやな記憶をたどって書いて行くので、あとで訂正しなければならないことが起こるかもわからないが、ひとまず我慢して書いて置こう。

「こをろ」同人の中には福岡高校と長崎高商の卒業生が多かったから、おおまかに言ってこの二派の傾向の青年たちでそれはつくられていた。大学進学の過程の基礎教育を与える高校と、実利の学問にかかわる商業教育を施す高商をくらべてその環境のことなることは、そこで育てられた学生の気質にも影響を与えたにちがいない。たとえば外見だけを見ても、高校生は髪をくしけずらず黒いマントをまとい高下駄をはくのを一般としたが、高商生はポマードで頭髪をととのえ、オーバーに靴ばきのすがたをとる者が最も多かった。それは偏狭な青年たちをお互いに反撥し合わせただろうと思う。五年にわたる「こをろ」の中には、いつも分裂の危機を内包していたが、その底に、二派の青年たちのそれぞれの考え方の違いがわだかまっていなかったとは言えないように思う。

私たちが「こをろ」に加入するまえの一つの事件を書いておこう。私たちと言ったのは、「こをろ」に同人として参加した長崎高商出身の友人たちをいっしょに考えたからだ。長崎高商に入学して二年目の昭和十二年に私は同じ学年の友人四人と「十四世紀」と称する文学グループをつくった。四人のうち、中村健次と川上一雄は福岡、冨士本啓示と土師二三生はそれぞれ小倉と佐賀の出身だったが、どういうきっかけでおたがいが結びついたか、そのそれぞれの場合について私は知るところはないけれど、自分にかかわるかぎりは中村、川上、土師とは同じクラスで、中でも中村健次と私はとりわけ親しくつきあうことになった。私は彼の容姿と性格を好ましく思い、接近して行ったのではなかったかと思える。はじめ彼が、柔道部員であった私を白い目つきで見ていたにもかかわらず、そのシニカルな目つきに私は惹かれて行ったようだ。同人雑誌をはじめることに積極的だったのは彼だったかもしれない。私は毎日の柔道の練習に追われ雑誌発行の打合わせなども、ほかの仲間にまかせたままだったような気がする。雑誌の、そしてグループの名まえについても、中村が「十四世紀」を主張してそれにおしきられたと覚えているが、なぜうしろむきになって十四世紀をえらんだかの理由を、彼がくわしく説明したのに、私はうわのそらで聞いていた。ようやく第一号ができ上ったあとで、私たちは内務省から発売禁止の処分の通知を受けた。当時の法律にもとづいて律義に二部の納本を行なっていた結果のことだ。私たち五人は長崎警察署の特高室に呼びだされて個別にしらべられた。発禁の原因は出版法第十四条（と記憶しているが、今手もとに文献がないのでたしかめられない）による風俗壊乱の項目に、川上と私の小説の中のいくつかの表現が抵触するというのがおもだった理由であったが、私たちが問いつめられたのは反戦的な思想をもっているかどうか、また背後につながっている左翼思想的なグループがあるかどうか、にあったようだった。中村健次の「目的なきリレー」という詩が、反戦的なにおいがするという理由で、もっともしつこく追求されたが、私たちに背後の関係をさぐりだすことは見当はずれと言ってよかった。私は特高刑事たちのおおげさな嫌疑にあっけにとられて、自分の考えのなかにまではいりこんでくる権力的な審きの力におそれを覚えた。それまでが心のかまえのなかった事態だったので、身がまえようのない恐怖があった。仲間たちが内部でそれぞれこの事件をどう受けとめたかわからないが表面にあらわれたところでは、私たちの嫌疑ははれて帰されたかわりに、再びその同人雑誌をつづけないことを約束させられたのだったと思う。そして時々は特高刑事が様子を見にやってくることになった。この事件は学校側にも通告され、処分としては校長の訓戒の程度にとどめられたが、在学中には小説や詩などを書かない条件を示されてそれに従うことを承知した。

衆知のように私たちがその小さな事件におそわれた昭和十二年に日本は日中戦争に突入した。その年の十二月、日本軍が南京を攻略したとき、学校は全生徒が提灯行列をして市内をねり歩くことを計画した。そのとき中村は（私は彼といっしょの下宿に居たが）彼の考えにしたがってその行列には参加しないと頑張ったが、私はそのときの上気した熱っぽい彼の表情を忘れることができない。私は行列に参加し、彼は参加しなかったと思う。別の日には彼はどんな愛国者もみとめないと言いだし、私はそう断言できないことを言い張って、映画館の二階でむちゅうになって議論しあったこともあった。

私はそのときも混沌の中にいた。思想と呼ばれるようなものを持っていたかどうかわからない。「ツァラトゥーストラかく語りき」などという抄訳本をよんだり、白柳秀湖の「民族日本歴史」やツラニズムなどというへんな考えに興味を向けたりしていた。二人ははじめじょうだんになぐり合っているうちにあやしげなとっくみ合いになったこともあった。しかし私は彼が好きであった。彼はそのころようやく小説を書きはじめた太宰治や中村地平のことを私に教え、ひそかに持っていた小林多喜二の日記を読ませてくれた。

「十四世紀」は百部も刷ったろうか。或いはもっと少なかったかもしれない。あとさきのくわしいことは忘れたが、発売禁止処分を受けたあとで、不適当と思われる何箇所かを黒の印刷インクでぬりつぶして発行する準備をしていると、長崎警察署から全部没収する旨を伝えられた。すでに同人各自がそれぞれ何冊かずつ持ち出していたのでその回収はかなり難渋したと覚えている。中には酔いの中でどこかに置き忘れ、記憶をたどってさぐりあてた喫茶店のごみ箱から見つけだしたこともあった。この事件はそのままくすぼってしまったのだが、私は強い衝動を受けた。警察でとりしらべられたことに、ではなく、私にかぎって言えば、そのとき特高刑事と校長の意見に何ひとつ抗弁しないで、「十四世紀」を中止し、そのあと在学中にはものを書かないことに同意してしまったことに対してだ。自分のその態度に私は失望した。そのあと当分のあいだ特高刑事は不意に私をたずねてきた。この事件のことをお互いが話しあうことを避けていたから、他の者については知るところがなかった。刑事の訪問は別に用事があったとも思えず、たとえば、放課後柔道の練習をしている道場にやってきて、そのまわりをぶらついたりした。彼を認めた私が外に出て行くと、「顔色がよくないね。どこか悪いんじゃないか。いや別に用事があったわけじゃない。こっちの方に来たから、ちょっと寄ってみただけだ。心配しなくてもいいよ」などと言ってそのまま帰って行ったのだ。まるで年下のいとこをでもたずねてきたふうで、私はくちびるを噛みながらとまどった。彼の下宿に呼ばれて遊びに行ったこともあるが、そのときの彼はかすりの着物をきて、下宿の娘が奉仕的に世話をやき、書生という呼称が似合う環境の中にくつろいで居た。特高室での彼の態度と重なり合わぬその断絶が彼を陰影深く見せ、いくらか魅惑的でなかったとは言えない。それからまた、もしかしたら彼は不在中の下宿をたずねてきていたかもしれない。これはあとのことになるが、九大在学中には不在の折たびたび下宿にやってくる刑事が居て、机の上やひきだしの中などをしらべて行くようであった。そして下宿に名刺をあずけて帰るようなことをしたがどうしても会うというのでもないらしく、在宅のときは、いっこうたずねて来る様子もなかった。また、ずっとあとのことになるが、戦後になってはじめて久しぶりに東北のいなかに帰ったとき、私のことを警察がききにきたことがあると伯父に言われて、へんな気持になったのを覚えている。そのときは特高警察は一応解体させられていた時期であった。

「十四世紀」の事件のあと、ほどなく私は中村健次とわかれて別の下宿に移った。新らしい下宿は、大浦天主堂まえの石だたみの坂道の右がわにある木造洋館の中にあった。この坂道の左がわはS氏の邸宅になっていて、たしか黒い板塀だったと思うが、ほとんど天主堂近いあたりまで立てめぐらしてあったので、視界はさえぎられ、坂の上の天主堂を意識しつつこの急勾配の石だたみの坂をのぼりつめると、そのころの私でも息ぎれがしたほどだ。天主堂の、正面の石段と十字架のある尖塔をもった白い聖堂とが、道をふさぐようにたちはだかって見え、そして右がわの木立の中に、四棟の木造洋館

が落ち着いたたたずまいをみせていたのだ。この建物はもとホテルとして建築されあとで、M氏の病

院になったということであった。いつだったか、一番手まえの（ということは坂下に近い方の）建物

の屋根近いあたりの板壁にCliff Houseと英字で書かれたのを見つけたが、つまり手まえの二棟をか

ぎりとして、その下手は、石垣をつみ重ねた高い崖になっていた。

Cliff Houseの四棟のうち三棟は、いわば部屋割式とでも言おうか、廊下にドアを並べた貸部屋を沢山かかえもった、本来ホテルとして設計されたことのうなずかれる（そしてその後病院に利用されてもたぶんそのままで充分病室の機能を果たせたにちがいない）二階建ての建築であって、お互いにその二階からも行き来のできるような屋根づきの木橋が架けられていた。一棟だけが片隅に独立に建てられ、それはあとの三棟とはことなり、個人の邸宅の装いとも見えた。或いは貴賓室ででもあったろうか。右の四棟にかこまれた構内の中央には西洋風な築山や泉水池が設けられ、目をあげると、大浦天主堂の十字架のついた尖塔が見えた。

私はそのたたずまいに心を奪われ、どうしても住んでみたく、思いきって、天主堂への坂道から余裕をとって引きこまれたポーチまでの石だたみの道をはいって、様子をたずねてみると、部屋毎に別の家族が住んで居り、空部屋があれば誰にでも貸してくれることがわかった。それまでも私は長崎の港に臨んだ南山手町一帯の、木造洋館を見るたびにその中に住んでみたい気持にとらわれていたが、それは生まれ変わりでもしなければ叶えられないという考えにひきこまれがちであった。そこにはヨーロッパ系のにんげんよりむしろ日本人たちを見かける方が多かったのに、風雨にさらされた鎧戸の窓とびらが観音びらきになっている部屋の中に、十字架やマリアの画像などのかざられた、いろど

りの多い祭壇をかいま見たりすると、それはやはり異国のひとに向かうほどの断絶が横たわっていると思われがちであった。貧しそうなくらしむきまで、どこかの国からの亡命者じみて見え、天主教を奉じているそれらの日本人たちの日常生活は想像もできぬほど遠い場所のことのように思えた。生まれ変わりでもしなければ、と思ったのは、自分の過去の経験だけのところを歩くのでなければ、いつわりを抱えたまま、目さきをつくろうことになるなどと、こだわるかたむきを持っていたからだ。生まれながらの異郷に、目立つことなく住むことができればという、矛盾に根ざした願望が、私を覆っていたように思う。またそのころの私は、天主教徒という存在に過去と秘儀をしか見ることができなかった。

とにかく、その中に住めることになった私は、心が満たされ、ときめきをとどめ得ず、落着いて観察もできぬほどであった。最初契約した部屋で私は、塗装職人、三菱造船の職工、ホテルの料理人、浮浪者、結核療養者、中風病みの老人などを隣人として自分のまわりに見出したが、あとで私は木橋でつながれたとなりの棟の一部屋を借りて、それらのひととまじわることのないたったひとりの生活を保つことを、えらんだ。部屋の中には、古びてバネのとびでたベッドと洋服簞笥と机がわりの丸テーブルが調度としてあるほかは何もなく、冬になってから管理人にたのんで小さなストーブを入れてもらっただけだ。外からもどってくると靴をはいたまま部屋にはいってこられる仕組みが、私に考えの居場所のひとつを与えた。それは修練の場所であったようにも思う。中庭に向いた木の鎧扉戸をひらくと他の棟を樹木の配置の中で眺めることができ、この構えの外のあたりの似たような木造洋館の瓦屋根を越えて、天主堂の尖塔が視野にはいった。それらの建築から私が受けたのは、市井の生活の雰囲気ではなく、城館とか修道生活の場としての、むしろ市井生活を拒む禁欲的な区画としての防砦の意志のようなものだ。私の部屋の周囲には、何家族かの亡命ロシヤ人たちの居たことが、いっそうそれを助長した。要するにその Cliff House の中には、いくらかは世間に背中を向けた故郷喪失のコスモポリタンな人たちが寄り集っていたといっていいと思う。そして私はそのとき、ドストエフスキーの翻訳本を買ってきてはその小説をひとつずつ読み終えて行くことに熱中した時期が重なっていた。

「十四世紀」の仲間たちは Cliff House の私の部屋によく遊びに来た。そのとき私たちの合言葉は、ラスコリニコフだとか長篇小説などといったドストエフスキーの世界のうちがわでのことがらであった。着古したオーヴァの襟をたて、ストーブのまわりに陣どり、熱っぽい調子で、夜のふけるのも忘れて話し合ったものだ。話し合ったのではなく、それぞれ自分のことだけしゃべっていたのかもしれぬ。中村健次には「からみのケン」というあだ名がついていたが、映画館の二階席だけでなく、話しがもつれるとどこででも私は彼にからまれ、言い争いをするはめになった。或る晩、彼が石炭かきの鉄棒を右手ににぎって私と議論をしているうちに興奮してきて、ストーブの火の反映ばかりでなく、その顔面に血がのぼり、無意識ながら鉄棒をふりまわすので、へんな恐怖を覚えたことも忘れられない。恐怖といっても、なつかしいような具合のものだ。そのときどんなことを話したのか、もうそのどんな断片をも思い出すことはできない。土師二三生がそのころの気分を反映させた長い小説を書き私にデディケートしたかたちで校友会誌の「扶揺」にのせた。校長との約束があるからもちろん作者名も献辞の名もみな仮名を用いてのことだったが、五人の仲間の中では土師は一番年少なのに、成育はほかの四人を追い越していると私は感じていた。そのことすでに彼は晩年のみにくさを予想してか、三十七歳のときにはきっと死ぬのだと言っていた。すべて遠く過ぎ去ったが、それらの日々の或る日の彼の表情などまだ私の目の底にはのこっているようだ。

私の部屋の棟と、その向かいの独立した一棟には亡命ロシヤ人たちが住んでいた。思いだせる姓は、ナパルコフ、トルガノフ、セイフリンなどだが、ほかにもっと何家族も住んでいたようだった。帝政の昔は将官待遇の軍人だったというひとり身の老人などが不自由な足をひきずって、ゆっくり雨ざらしの外階段をおりてくるところなどもよく見かけた。私は彼らの生活のあいだに自分を見つけることを、快いリズムを伴うものとして感じた。亡命者という弱い立場が彼らに目を伏せがちの姿勢を与えていたことが、私のこころをつかまえて放さなかったのかもしれない。そのあとさきからドストエフスキーだけでなく、プーシキンやレールモントフ、ゴンチャロフ、ソログープ、ゴーゴリなどのロシアの小説を蚕が桑をかみ進むように読みひろげて行くことができたのも、亡命者たちの生活をじかに感じとる環境に居たからかもしれない。中でもジェーニャ（エフゲニイ）と呼ぶ少年やたくさんの幼い女の子たち（二人のワーリャ、リューヴァ、そしてジナ）のすがたが忘れられない。彼らは私の夢の根の要素のひとつとして、いろいろなかたちで、くりかえし私の意識の上に浮かび上がってくることを繰り返してきた。おそらくは私は彼らをヨーロッパを理解するひとつの架橋となし得ていたのだったか。蹲踞の姿勢のない生活と憂愁の表情に満ちた容貌は私の胸にしみこみ、そして拒否しながら、何かをささやきつづけていた。夢の中で、彼らはいつも廃墟に近い木造洋風の建物に生業の不明な生活を営んでおり、招かれずにはいって行く私をじっと観察するふうに現われているが、やがて突然の展開がおとずれ、少女は私に信頼を示し、しかしそのままぷつりと夢はたち切れてしまうというふうにだ。私が住んだ Cliff House は南山手町十二番地と言った。

中村健次が矢山哲治を紹介してくれたのもその南山手にいたころと覚えている。横にそれた話の筋道をもとにもどすと、昭和十四年に福岡市に誕生した、文学同人誌のグループ「こをろ」は矢山哲治がその核となってできあがったと言っていいと思うから、彼との結びつきのところを書いて置こう。

この手記を書きつぎながら昔の仲間がなつかしく、今青森県の山中の或る鉱業所にいる中村健次に、彼をひきあいに出して回想した部分の切り抜きを私は送った。すると長い返事が来て、それを読んだ私は、彼と共に二十七、八年ほどの失った日々に対する愛惜と寂寥をわかち合った思いがあった。しかし久しく会わない彼と今もし会うとしても、ふたりのあいだには隔てられた歳月の重さは消えうせて、かつての過度の試みの中でぶっつけ合っていたお互いの未成年がなお生きている状態を確かめあうことになりそうだ。

さてその手紙の中に、私たちが「十四世紀」の結成から「こをろ」に移り加わって行ったあとさきの事情について、彼の記憶による回想が書かれているので、それを私のふたしかな記録に重ねて、補ないをつけたいと思う。

まず彼の手紙は私に「第二次峠」のことを思い出させてくれた。それは「十四世紀」のまえに計画されただけでなく、あとで「十四世紀」事件でお互いがかかわり合うことになった中村健次も川上一雄も土師二三生もすでにいっしょに加わっていたというのだ。だから私たちはいきなり「十四世紀」

の結成にとりかかったのではなく、そのまえにひとつの準備の段階があったことになる。それを指摘されて思いだしたが、そのとき私は、長崎高商にはいるまえに神戸で加わっていた「峠」という文学同人雑誌の再出発問題に襲われていた。それを自分だけのことにしないで、彼らまでさそいこんだのだったろう。「峠」はもともと神戸一中を卒業したばかりの金森正典がガリ版を自分できってはじめたのだが、彼の弟と神戸商業で同級であった私がその家に出入りするうちに同人に加えられていた。そのあとさきのころの私を、金森正典とからみあって「峠」づくりに没頭していた状況をのぞいては考えられそうもない。たとえば朝会ったばかりなのに夜になるとまたでかけて行っておそくまで雑誌の編集や印刷のこと、映画や文学そして仮空の恋愛のイメージについて話しこむぐあいであった。同人は何人かいたけれど、金森と私の二人が結局のところ雑誌発行のすべての仕事を分担した。彼は中学を卒業したまま父の建築業の仕事を手つだわされ、そのことを苦にしていたが、時折職人肌のかたくなな気質をおさえかねているところなど、私には親ゆずりのものと見え、その父の仕事から彼は離れられないだろうと思えた。彼は処世の上で文学をどう仕末するかをいろいろ工夫しながら、どうしても文学を捨てかねてなやんでいた。また彼はその年ごろですでに柿渋のような文学の滓を理解していたようなところがあった。彼の周期的なスランプがまわってくると、「峠」はしばらく冬眠にはいることをくりかえしたが、私が長崎高商にはいったあと、彼はもう一度「峠」をつづけようと決意したようだった。（中村は「第二次」と書いているが、「第三次」だったような気もしてきた。金森が長いスランプにはいったのは一度だけではなかったと記憶するから）とにかくそうして「第二次峠」は企てられたが、そのとき長崎高商での私の同級生たちが加わってきたのだった。（そのあと金森は兵役に服し、彼の軍服姿などとうてい想像もできなかったのに、そのまま長い軍隊生活に耐えたあと、沖縄戦に加わり戦死した）。

横にそれた話の筋をもとにもどすつもりが、かえっていっそうひどくそれさせたことになったが、そのあいだをつなぐため中村の手紙の一節を借りて、書きだしのところまであとがえろう。

彼はこう書いている。

貴兄との交友がどのような経緯で始まったのか今思い起しても定かではありませんが、「第二次峠」の発刊に先立ち貴兄の生い立ちやお母さんのこと、弟妹のことそれから兄に大きな影響を与えたように聞いた壮士風のどっかりした感じの人（写真を見せてくれましたね、長髪）の話や、神戸の商業時代の文学活動と金森さんとの付き合いの話などを聞いてるうちに急速に兄に人間的な親しみを感じて行ったのを覚えています。そして「第二次峠」の発行に川上、土師と共に参加したわけですが、そのあと夏休みに帰省中、幼な友達（小学校のクラスメート、加野錦平も）の矢山がひょっくり私の家を訪れ、偶々彼が手にしていた「文芸首都」（彼の投稿した「疎林の円卓」という詩がのっていました）のことから文学談義に花が咲いて「健ちゃん、やろうや」と大きな手で握りしめられた記憶は今も鮮かです。彼は当時既に「九州文学」の人達と付き合っていたようで、秋山六郎兵衛、矢野朗の文学や人となりについて語ったり原田種夫さんの家に私を引っ張って行ったりしたことがありました。しかし矢山は根っからの詩人であっただけに「九州文学」とは肌合いが合わず、「九州文学」の何となく大人ぶった作品に批判的で何か新しく始めたいと言う意欲で一杯だったようです。その頃彼はネオ・ロマンチシズムとして新しく脚光を浴び始めた「鵲」の檀一雄や太宰治等に興味をもち、彼から檀一雄の「花筐」を貰った記憶があります。私は読後その主人公である無軌道な荒々しい若者達の情熱と行動に共感を覚え、且つ感激して、同じ気持の彼を是非、私達の仲間にしたいと思い川上や百田耕三（川上と同じく福商の同窓で熊本の「地方派」同人）に紹介し、そして我々の「十四世紀」発刊計画を通じて長崎グループとの付き合いが始まったと思っています。

中村から矢山哲治を紹介してもらったことは、まえに書いたが、この中村の手紙で、川上一雄も彼によって矢山に紹介されたことを確かめることができた。はじめに「こをろ」のことから書き出したとき、その中で比較的数の多かった福岡高校出身と長崎高商出身の青年たちが、それぞれの環境からくる考え方の違いからいつも分裂の危機を内包していたと書いた。「こをろ」の核であった矢山哲治に川上や私が結びつけられたのは中村健次によってであった。私は最初どこで矢山と会ったかはっきりしないが、まだ会うまえにこんなことがあった。それはある若い肺結核の詩人を南山手町の私の下宿にしばらく同居させてほしいと矢山から手紙で言ってきたと中村から伝えられたのだ。おそらく中村はCliff Houseの様子を矢山にはなしていたのかもしれない。私は詩人はにがてだけれど、ぼくの部屋が役に立つのなら提供してもいいなどと答えたと思う。私は中村からはじめに矢山が詩人だときかされたときも、いくらか遠い気持でいた。（そのご彼と直接つきあうようになってからもしばらくはその気持がとれなかった）。私は今でもぬぐい去れずにいるが自分は詩に失格した人間だと思っていた。それまでに何篇か書いた詩によって自分をそう判断したから。その詩人は結局のところ私の部屋には来なかった。しばらくたってのことだけれど、その詩人は死んでしまったときいた。彼の詩

「優しき歌」などを矢山に見せてもらったのは、それからまたあとのことだ。矢山は彼、つまり立原道造のことをよく口にした。戦争中に「立原道造全集」が出版されたときはすでに矢山は自殺したあとだったように思えるのだが、その中に収められた書簡集の中に矢山宛の長い手紙が、いくつかはいっていて、立原道造の長崎行のあとさきの事情などを知り、とどかぬ思いをしたのだが、それらすべて、当時の私には無縁のものであった。

昭和十四年の三月、私たち「十四世紀」の同人は長崎高商を卒業し、それぞれの生涯の方向に向かって別れて行く第一歩をふみだした。中村健次と土師二三生は就職、冨士本啓示は九州帝大の法文学部に入学してフランス文学を専攻することになり、川上一雄は病気のために一年おくれた。私は神戸商大の入学に失敗し、受験勉強の目的もあって、一箇年過程の長崎高商海外貿易科に残った。下宿先も南山手町の Cliff House から学校の近くに移った。

「こをろ」は福岡の矢山哲治（彼は福岡高校を卒業して九州帝大の農学部にはいっていた）を中心に、私たちの高商卒業以前にその発刊をすすめられていたが、その当初のいきさつについて私はなにも知らない。しかしそういうはなしは起こってからすぐ結実したのではなかったように思う。その後どうなったろうかと、中村にたずねた記憶もあるほどだ。卒業まえの十三年の暮近く、矢山が長崎にやってきたことがあった。彼には同人結成のための瀬ぶみの気持があったかもしれない。創刊号の原稿が要求されたのはいつのころかはっきりは覚えていないが、私は小説を書きたいと思いながらそれはだめだと感じ、十四年の夏休みに参加した毎日新聞社のフィリッピン派遣学生旅行団での経験を紀行文風につづろうと心ぎめして、それを実行したから、それは十四年の夏のあとさきのころだったと思う。そのころ文学同人雑誌のようなものは全国的に整理統合される傾向が起きていた。背後には内務省の意向が動いていたかもしれぬ。たとえば北九州地域では既存の「九州文学」だけにまとめられてしまうようなうわさを耳にしていた。そのようなときにそれ以前にまったく実績のない同人誌をあたらしく発行することは可能だろうかという危惧もあったが、その点については矢山があらかじめ福岡警察署の特高刑事とのあいだに了解を得ているのだと言われていた。私にかぎって言えば、「十四世紀」発禁事件をきっかけにして持った特高刑事との接触が複雑な観念を伴なっていたから、そのような特高刑事と矢山はどんなはなしのやりとりをしたのか想像もできない気がした。しかしとにかくその状況の中でもなお新規の同人誌が発行できることは私に奇異な現象として写った。それは矢山の勇気がそのようにひらいて行くのだと感じ、私はただ自分の表現に没入するのだととじこもる姿勢になっていたはずだ。(これはあとのはなしになるが、翌十五年の春、九州帝大法文学部に入学した私をさそって矢山はその特高刑事と三人で会食をしたことがある。それは刑事の方からの招待だったのか矢山の招きだったのか私にははっきりしてはいない。私はそれに応じて出かけて行ったが、どんなはなしをしたのか忘れてしまった。結果として、雑誌のことについてはどれほどの話題も出なかったが、彼も私もその刑事のおとなしそうな人柄に好意を抱いたことを覚えている。しかし十六年の十二月八日、日本がアメリカとイギリスに対して宣戦を布告した翌朝、「こをろ」の仲間からは矢山と富士本啓示が特高刑事の捜査を受け、警察につれて行かれた。そのとき矢山をつかまえにやってきた刑事は私たちが食事を共にした例の刑事だったと、あとできいた。このことはあとでくわしく書くつもりだが)。

グループ若しくは同人誌の名称として「こをろ」をえらんだのは、矢山ではなかったろうか。それは「古事記」の中の、一節からとられた。諾冉二神国生みの神話の段に、「二柱の神天浮橋に立たして、其の沼矛を指し下して画きたまえば、塩こをろこをろに画きなして、引き上げたまう時に、その矛の末より垂落る塩、累積りて嶋と成る是淤能碁呂嶋なり」(幸田成友校訂、岩波文庫「古事記」)というところがあるが、「こをろ」というのは、固有の意味をもったことばではなく、物をつくり出すときに発する音の写しであることが、当時の私たちの気持に弁解的にはたらく安堵があった。つまりそれは創造という行為だけにその要素が集約された無意味のことばなのだから。

日本の最古の古典の中の文字をえらんだ行為の中には、特高刑事の心証をよくするだろうという意識をはらいきれなかったところがあるが、それにしても、えらんだ「こをろ」ということばが、動かせない意味をもったものではなく、いわば物の創造のときに発する音を単純に写しとっただけだというこ とが、いくらか私たちをなぐさめていたように思う。


この回想記のはじめに「どういうふうに大学にやってきたかをはっきり思いだせない」と書いたところにもどろう。「十四世紀」同人で福岡出身の中村と川上(もっとも中村は石原産業に就職して神戸勤めになっていた)と、一年まえすでに九州帝大法文学部の仏文科に入学していた冨士本のほかは、「こをろ」の矢山しか福岡に私のしるべはいなかった。昭和十五年の四月、九大法文の経済科にようやく入学できたとき、私はさしあたって右の三氏に連絡して福岡に出てきたと思う。記憶がたよりないけれど、冨士本の下宿にまず旅装をといたのだったか。そしてまず下宿さがしにとりかかったが、そのときは、「こをろ」同人の真鍋呉夫がずっといっしょにつきそってくれた。真鍋とはそのときが初対面で、たぶん矢山が同人の中の若いはたらきてとして紹介してくれたはずだ。今にして思えば西公園のあたりから西の方角をさがし歩いたことになろうか。どこの川だったか、川岸に近い家の二階の孤立した部屋で、小さな窓がひとつその位置が高く、閉鎖的なかたちのものにかなり心をうごかされたのに、結局とりきめたのは、もっと西寄りの地行東《ジギョウ》町の或る家の二階の部屋で、ふすまをへだてただけの同宿人がほかに二人もいるようなところだ。私の部屋は電車道に平行した裏通りの小道に面し、またかどの十字路を北の方に行くとすぐ博多湾の浜辺に出、沖合に残《ノコ》の島かげをながめることができた。(この家が矢山の親戚であることはあとでわかった)。寝具や勉強道具は大八車ではこび、真鍋があとおしをしてくれたのだったか。そのあと私は急速に真鍋としたしくなり、足しげく大濠《オオホリ》端にあった彼の家にかよった。そのころの彼は福岡商業を卒業してつとめていた会社をやめ、父母のもとに居て、昼と夜を入れかえた生活をしているように見えた。学校の講義のないときに訪ねると、おおかたは、彼にあてられたはなれの一室の雨戸をしめ、おびただしいたばこの吸殻と書物にとりかこまれて眠っていた。彼は夜を通して書物をよみ、小説を書き、あけがた近くなってとこに就くようであった。彼の父も母も俳句結社の同人で、家の中には絵画や彫刻が品多くかざられ、私は、そういうものと全く無縁な自分の家とくらべてみないわけには行かなかった。たぶん彼はひどく神経の疲労におそわれたのだろう。その回復のため、彼の父母は彼に寛大になっていたのではなかったろうか。私は当初の彼に、傷ついたけものがその傷をなめている荒々しいやさしさのようなものを感じ、彼が拒まないのをさいわいにその都合もかえりみずに訪問を頻繁にくりかえしていた。彼といっしょに居るとなぜか心のたのしさがあり、彼が旧習にこだわらぬ自在のひとに見えた。ちょうどそのころ、「こをろ」第二号の印刷がはじまっていて、おそらく同人の何人かが集まってその校正にあたったはずなのに、私は真鍋と冨士本しか思いだせない。私の手もとには一冊の「こをろ」ものこっておらず、あやふやな記憶にたよるほかないが、やがてその二号は真鍋の書いた小説が原因で発売禁止になった。そして私の神経の疲労もようやく広がりつつあった。

繋りを待ちつつ

もの忘れをしないようにと思うことが、今のところせいいっぱいの努力だ。もちろんなにひとつ忘れることがないなどということができるものでもないが、自分のしたことだけでも、あとで思いだせる仕組みを、しっかりにぎっていたい。それができたら、つりあいを保っていることができる。それは生きているうちのすべての行いが、その場だけのものでなく、あとさきのつながりを持っているように思えてならないからだ。あとさきの、というよりも、なにかひとつの行いは、いつかあとになって、それがいつかをあらかじめ見当をつけることはできないけれど、その意味があらわれて実を結ぶようなことだ。そう思われるようなことが多くなった。まえにはどうして気づかなかったかわからない。それだけ、生活を数多く重ねてきたわけなのか、まえの行いをどうしても思い起こさなければならないことに出くわすことがしばしばだ。そのとき思い出すことに失敗すれば、つりあいを失って、こころがいらつき寂しい気持に引きずりこまれる。暗くて底のしれない穴のそばに立っている自分の足もとが、まざまざ意識されるふうだ。目のまわりが軽く熱をもち、眼鏡のふちの輪がはりついてとれない気持になるのはそのときだ。周囲の景色が不たしかな、ぼんやりしたものになり、物のかたちのふちのところが二重にあやもつれしてくる。目がまわりのものからさえぎられ、孤独な余生の境涯にはいり、死が、声をかければすぐふり向いてくれるところまで来てしまったのか。赤い幕が、どこか上の方からじりじり下がってきて、やがてその裾が地面にとどき、私はとじこめられて、のがれられなくなるのかもしれぬ。以前とて変りはないと思いたいが、次第に視野はせばめられてくる。自分がどんなところに立っているのか、いっそうまぎらわしくなった。そして、ひしとつめかける周囲の層のあちこちに欠落の部分のできたことが感じられる。まえはわからぬなりに、層は一面に等質の厚みがあって、てごたえある弾力をからだに伝えてきた。理解できぬ暗い層にむかい、手足をつっぱっているだけで、私にはなにか実態のたしかめが伝わってきた。そのたしかめだけで、実体がなにであるかを、それほど知る努力をしないですんだ。しかしこのごろはなんだかちがってきたと思えて仕方がない。手足に伝わってくる手答えがうすくなってしまった。等質のものではなく、その背後のどこか、暗い層の奥の方のどこかに生じてきた空白の欠けた部分が感じられる。手答えはそのむなしさがひびいてくるふうだ。しかし根拠のないむなしさを感ずるだけで、それがなにであるかはわからない。そこのところが、理解の終ったほかの部分と結びつかない。もしかしたら、それは、「わからない」のではなく、「忘れた」のではないかとふと思ったとき、或るおそろしさにおそわれた。そのときたしかに意識していたか、たとえ無意識に近かったとしてもそのとき指し示されれば理解できたにちがいないのに、そのときからしばらく時のたったあとでは、そこだけぽつんと切りはなされていてそのまわりのものと結びつかず、それがなんだか意味がつかめない。つまり私の頭の中では白くそりかえっているとしか感じられない。自分の確かめが、そこにつき当ると、たよりなくよろけてしまって、方向までわからなくなってしまう。そのわずかな欠落の場所のために、自分の行為がどこからやってきてどこに行こうとしていたのか見通せないとなると、すべてが徒労だったということにならないか。それはどうしても思い出さなければならぬ。いきをひそめ、くらやみに目をこらし、記憶のもどってくるのを待ち受けなければいけない。あぶりだしのように、いったん沈まった忘却の作用がその効果を失い、反対に記憶が浮き上ってくるのを待たなければならない。それはひとつの苦行と言ってもいい。頭脳のどこかがしびれてしまい、無理にはたらかせようとすると、つかまえどころのない痛み、痛みとも言えぬしびれ、皺のかたまりの脳のどこかがくさってしまったかのような、だるい感触が身うちに広がってくる。それはまたなにかの酔いとなって、片方から片方に落ちこむようにまわる地球の自転を反映させはじめる。ぐんぐん下方にかたむいて行くが、すっかりまわりきらぬうちに、反対の運動の波が押しかえしてきて、どちらに加担してよいかとまどい、そのとまどいが嘔きけを引きだしてくる。おちつかなければならぬ、と自分に言いきかせ、早くそこのところを理解で覆って、つじつまを合わせたいと思う。急ぐことはないのだから、おちついて、端緒のところからはじめよう。一歩もステップを省略しないで、一歩の意味をつかんでたしかめ記憶にとどめてから次の一歩をふみだそう。ひとつもはぶかないでうめて行こう。通ってきた場所の層が、まんべんなく等質であるように。しかしそう思う思いの下から、あたらしい欠落がついできてしまう。欠落のところは次々に反応して拡大され、やがてひとつの爆発をひきおこすだろう。そして私はこなごなになって宇宙のどこかにとびちって行くのだろうか。

なにはさておき、物忘れをしないことだ。目のふちの熱が広がらないうちに、腰を低くして、敵を待つのでなければ、このまっくらな世界をうかがうことはできぬ。しかしそれは絶望ではないから、しんぼう強く待つことだ。待っていれば、わからずに通りすぎたものがわかる機会がやってきて、やみの中で、あとさき、たてよこを結びつけるつながりが、白くにぶい光りを放って意味があらわれる。過去のどれひとつとして、むだはなく、われわれはただ待つことが要求されているのだから待つことを覚えればいい。いつも応じられる姿勢で待っていると記憶がちらちら出没しはじめる。そうだ、ものわすれしてはいけないのだ。でも実のところどうしてこう忘れっぽくなった。時のうつろいと共に、私はどんどん忘れてしまう。周囲のくらやみの中にはいりこんでしまい、どうしても思いだせない。夢の舌とおなじに、引っこんでしまうともうふたたびつかみだすことができないと思うほどだ。ただインティメイトな肌ざわりだけ、ほのかなぬくみをのこして、すぐそばにそれはひそんでいるのに記憶の中にとりもどせない。

思いだすこと、が私のたたかい。思いだして物忘れしないこと。あとはただ待っていれば、理解の果実が生まれてくる。それでもなお私は待ち、その果実の数をふやすことを願わなければいけない。

あれはここ、これはそこと分類してそれぞれの置き場所をきめているのに、忘却におそわれると、その分類のどこにまぎれこんだかわからなくなってしまう。さしあたって、たぶんそれは必要ではないが、それがほんとうにいつまでたっても必要でないかどうかは、わからないことだ。もしかしたら、いつか必要になるときがあるのではないか。だから、その日のためにも、どうしても思いださなければならぬ。いや、それはいくらか、こじつけのように思う。本心のところは、こんなに物忘れがひどくなることは、なにかのしるしにちがいない。そのなにかには、どうしても抵抗したい。それにねじふせられて屈服してしまうのは、しのべない。だから、それがどんなに不必要なことがらでも、思いださなければ、生きて行くあかしが立たぬ。じっと息をひそませ、まるでなにもわからない周囲のやみに向かい、ひとみを光らせ、じっとうかがう姿勢をつくらなければならない。それというのも、ほんの小さなかたちのもの、ある新聞から切りぬいた記事を、なにげなく机の上に置いたことにはじまった。私はなぜ、新聞紙を切りぬくのか自分でもよく説明ができない。それなのに毎日が一日置きぐらいに、ときにはどうかして半月やひと月もためこんでしまうことがあっても、結局はなしくずしに目を通して切りぬくものを切りとってしまう。切りぬいたものが、それほど役に立つとも思えない。十年に一度ぐらいは、そのなかのわずかのものが役に立たないわけでもないが、日毎の心づかいの結果の効果としては、ほとんど無だと言ってもいいほどなのに、なぜそれがやめられないか、わからない。切りとったものは、すぐたまってしまうから、どうしても分類してそれぞれ区別けした袋に入れておくことを考えたのだが、あとでどこに入れたかわからなくては用をなさない。でも、忘却が霧のように押しよせる時のうつろいの中で、どこに入れたかすぐとりだせるような分類を、施しておくことはそんなにたやすくはない。私の机の上は、まにあわせの分類を待ちのぞんで仮に積みかさねられた、さまざまの資料ですぐふさがってしまい、書物もパンフレットも写真も手紙も切ぬきも、ノートやスクラップブックも、そして小刀、ホッチキス、耳かき、毛ぬき、虫めがね、はさみ、目薬、軟膏、メンソレータムなどでおおわれがちだ。なにを切りぬいたか忘れてしまったのではなく、あるひとの死亡記事だ。あとでその袋に入れるつもりで、机の上のどこかに置いた。置いたことにまちがいはないと言える。次々にそれぞれ処理を要することが押しよせている感じで、頭のなかにあせりがあり、なんだか脳が海綿になったような気がしていた。考えはそのときどきでたち切れて、つながらず、現在自分のしているすべてを管理することに不安がしのびこんでいた。果してそうかどうかたしかめることはできず、空白をいくつかかかえもち、もしその中にすべりおちれば、現に行なった自分の行為が、何であったかわからなくなる危険がひそかに感じられた。そうならないよう、行為のひとつひとつを、だめおしするつもりで、わざと区切りをつけ、たしかめのしるしに行為の終りに、対象物を強くおしつけたり、たたいたりしていたから、切りぬきをおよその見当のところに置こうとしたときつい力があまって、かどのかたい書物に右手の小指をぶつけたのだ。そこに小さなけががができた。針の先でついた、と言っていいほどのものなのに、へんな痛みがくっついて、とれない。その痛みは長くつづくにちがいない。すっかりなおるまでにはひと月はかかるだろう。ひと月ですまないかもわからぬ。もしかしたら、いつまでたってもとれないのではないか。そこがくさってしまうことはないとしても、いつも軽い痛みがそこに集中することになるかもしれぬ。そしていつ致命的なものに変わるかわからない。ひとつの痛みが、ほんのつまらないことから生ずると、次の痛みが、またほんのつまらない原因で重なるように起こることがつづくだろう。痛みは次々に襲ってきて、のがれてゆっくりすることがあるなど考えられない。それが私をおびやかす。痛みを引起こす原因など、まったくうかつなことだ。しかしどんなに注意していても、そのうかつな瞬間をどうしても避けられないのか。それは、やはり、あの物忘れと同じ根につながった、なにか或る悪いもの、が私の中にふとりつつあるのか。もうこうなれば物忘れや、うかつな瞬間をひとつも起こさぬよう、身をひそめなければならぬ。もしたとえそれが起これば、それを思い出し確認するまで次の段階に進んではいけない。あらゆる分類を思い出しおさらいして起きたことが、何であったかをはっきりさせなければならぬ。何が思いだせないのか。そのうち思いだせて、あとさきがつながり、やっと自分を統制できる時がやってくるだろうか。いずれにしても律義に分類しよう。何ひとつ余しのこさないで分類を完成させよう。分類を全うすれば物忘れが防げるのだと、なぜか思いこみ、すると私の姿勢は次第に低くなった。姿勢が低くなり、かがんでくると私の目にうつるにんげんが次第にその年齢を低下しはじめた。

ニェポカラヌフ修道院

モスクワでの日ソ文学シンポジウムに参加することになったとき、もしかしたらポーランドにも行けるかもしれないという期待があったから、可能になったときのために、おおよその見当をつけておきたいと思った。それで知っているかぎりのポーランド人（あるいはポーランド系の人）たちと連絡をとった結果、私はいくつかのポーランドの地名と人名を与えられた。首府のワルシャワや古都のクラクフ、そしてあの名高いオシビェンチム（ドイツ名で言えばアウシュビッツ）などのほかに、ソハチェフ、チェンストホーバ、ジェシュフ、などという地名とボロジェイだのホトキエビッチなどという人名がわたしの頭の中に実体のない透明な容器のようなぐあいにはいりこみ、そのうえ携帯ラジオを一個、ジェシュフに住むひとりの老婦人に、とどける役目も引きうけることになった。

しかし私はポーランドについてどれほどのことも知らない。ただ社会主義型の国家であること、おおざっぱに共産圏などとも言われ、マルクス主義にもとづく政党が特別の役割りを果たしているために、そうでない国々とのあいだにもつれた緊張関係があるなどのことだ。そのせいか、なにか秘密くさく禁止の多い国へ特別の目的もあって行くようなへんな気持さえ自分でしてきたほどだ。おまけに私をポーランドにむすびつけてくれたのはカトリックの司祭で、長いあいだ故国との通信をはばかってきたような人たちばかりだ。また、たとえワルシャワまでは行けたとしても、そのうえ国内を希望するままに歩きまわることなどできるだろうか、たずねられたひとたちがかえって迷惑がるのではないかなどと、あらぬ気づかいもしていたのだ。

さてモスクワ駐在のポーランド大使館での入国査証は、かなり手まどったあとでもらうことができた。ちょうど世界各地のポーランド文学研究者たちにたいするゼミナールに招かれて行くひとがいて、彼の熱心な交渉が実をむすんだのだ。一行はそのひとをふくめた三人だったが、ワルシャワにつくと、ポーランドの文化省は、私たちにも五日の招待扱いを与えた。その日程をきめるときに、さらに二日の滞在をみとめてもらったし、またどこに出かけてもさしつかえないことがわかって、当初の気づかいは思いすごしだったことを知った。

五日のあいだ私たちは勤勉にその日程に従い、昼間は作家や編集者たちをたずね、夜は劇場と音楽会場に通いつめた。黄金の秋を装った街路をながだちにして町も人々もやさしくからだにしみいるようで、いつまでもこの町にいたい気持にさせられたのがあやしい。私たちがそれらの日の見聞からまなんだのはポーランドの投げこまれた運命の強烈に奇怪な現実だったのに。

文化省の日程が終わって、私たちは、まず、ソハチェフに行くことにした。そこはワルシャワに近く、一日で往復もできたし、ポーランド南端に近いジェシュフにはとても行けそうではなかったから。日本で想像していたときとちがって、ポーランドの町を、透明な実体のないうつわのようにではなく、具体的な実在のかたちで私は感じとれるようになっていた。ソハチェフにはニェポカラヌフというところがあり、フランシスコ会の修道士がたくさん住んでいて、その中にひとり、十五年も長崎にいたひとがいるはずであった。私はワルシャワからその修道士にあてて口ーマ字の日本語で手紙を出しておいた。

何輛も連結した電車がワルシャワの地下駅を出ると、まもなく鉄橋にさしかかった。ふりかえってみると、青い流れの対岸に、緑樹にかこまれ、小高くもりあがった白い建て物の群れのワルシャワの町が展開していた。ビスワ！　と思わず、書物の中で何回読んできたかわからぬ川の名を私は口に出した。ワルシャワを遠ざかる電車の窓からは地平まで目をさえぎるもののない野原がどこまでも続いて見えた。やがて、プラットホームのはずれに白いマリアの像のある駅を過ぎながら、ある予感に胸がさわいだが、とにかくおしえられたソハチェフまで行ってみると、ニェポカラヌフは通りこしてきた駅までもどらなければならない。やはりマリア像のあるシマヌフという駅に引きかえした。

プラットホームにおりると、入れちがいに電車に乗りこんだローマンカラーの修道士が私たちのほうを見てしきりに笑いかけ、目合図しながら人さし指である方向をさし示しながら電車とともに通りすぎて行った。指さされたほうに目をやると白く高い教会らしい建て物が見えた。ニェポカラヌフと呼ぶ町か、あるいは村だと私はぼんやり考えてきたが、それは修道院の名称であった。たぶん日本人のたずねて来ることが修道院内で話題に出ていたうえ、このあたりではめったに見かけぬ容貌だから、すぐそれとわかったのにちがいない。

見えていた建て物はやはり教会で、その裏のほうにまわると、見なれたフランシスコ会のスータンを着た年老いた修道士が、目もとで笑いながら近づき、遠慮がちに日本人かときいたのだ。うべなうと、彼は私が手紙を出した修道士を呼びに行った。目的の修道士はいたのだ。ほどなくめがねをかけた小柄な修道士が片足をすこし引きずるようにしてやってきた。三つの結びめをつけた太い白ひもを、腰にまわしてぶらさげた見なれた服装を見て、私は自分がはるばるポーランドに来ていることが信じられぬ思いだった。彼はこなれた日本語で、いきをはずませながらしきりにはなしかけてきた、まるで長いあいだ自分の母語をしゃべらなかった者が、自国人に出あったかのように。日本に長年住みつくと日本人じみてくる外人宣教師のもの腰をかれはまだ残しているようであった。しかし彼が長崎にいたのは戦前のことなのだ。日本人信者がここをたずねてきたのははじめてだと彼は言った。

彼は私たちに修道院の広い構内を説明しながらつれ歩いた。むかしは六百人もの修道士がいて、ひとつの小さな町ででもあるかのように、世間のたすけを借りずにすべてのいとなみ、たとえば医療や時計をつくるような仕事までも修道士だけでやっていたという。もともとこの修道院は布教パンフレットを印刷、発行することをつとめとして発足したのだが、ドイツ軍による破壊と戦後のマルクス主義政党の宗教対策のために、修道士の数は半分にへり、世間に向かってのはたらきかけはとどめられ、食糧の自給自足だけを許されて残っているのだと言った。制限された数少ない神学校もここにはあって、信者は戦前よりもむしろ熱心になってきたときいても、私はやはりこの修道会の将来のイメージがはっきりえがけるわけではない。

季節はすでに冬のさきぶれにはいっていて、ビスワ川を渡るとき明るく輝いていた太陽はすぐかげり、三時を過ぎたばかりなのにもう夕方の気配がしのびよっていたが、私はさまざまのことを忖度して、夕暮れの寂寥を消せなかったのだ。しかし修道士たちは行き会うどのひとも明るくはずんでいるように見えた。グロテスクな現実に沸騰し現世にくず折れ流れている大勢のなかで、昔ながらの禁欲の修道生活を、頬を紅潮させながら守っているすがたが胸をうってきた（むごい戦争をきりぬけて生きのこった修道士たちも少なくないようだ）。しかもここの出身の修道士の死者をもれなく掌握し、ひとりひとり背の高い十字架の下に埋め、あるいはその生涯の短い記録を肖像写真とともに保存している心くばりを見ると、あの「ポーランド人を生物学的に抹殺し」ようと計画していたといわれるドイツ占領軍のたび重なる通過が、いっそう耐えがたいおそろしさとなっておそいかかってくる思いだ。

死んだ修道士の中には日本とかかわりの深い人たちをさがすこともでき、中でもこの修道院の創設者であるマキシミリアン・コルベ神父は、長崎に来て同じようなカトリックのパンフレットを印刷出版し、配布するための修道会を建て（それはいまも残っていて活発な活躍をつづけているが）、戦争中にはドイツ軍にとらえられ、オシビェンチムの収容所で他人の身代わりになって殺されてしまった。構内の一隅に彼の記念館が設けられているが、そこに陳列された記念品の三分の一ほどは、彼の日本でのはたらきを示すためのものであった。行きあったどの修道士もわたしたちが日本人だということに強い関心を示したのもうなずけたわけだ。

すっかり日がくれてから私たちはニェポカラヌフ修道院を去った。案内の修道士はシマヌフ駅まで送って来た。待合室に入ってもそこで汽車を待つ人々に、彼は私たちが日本から来たことを話しかけてやめなかった。もうくらくて顔もよく見えないプラットホームの上で堅く手をにぎり合ったあと、私たちは乗車した。電車が動き出し、やみの中をワルシャワに向かって疾走するあいだ、黒いスータンの腰のあたりにまといついて揺れていた白いひもがいつまでも目の底にのこってきえず、彼のせきこんではなす日本語の声が、あいだにのべつにはさんだ、ポーランド風の「オ」という短い間投詞のはずんだ調子とともに耳にこびりついてとれなかった。そうしてまたワルシャワにもどったが、ジェシュフの老婦人にとどける携帯ラジオは、まちがいなくとどけると言って彼がだいじにあずかってくれたのだった。

豊島与志雄小論

豊島与志雄に抱いている私の一面のイメージを述べることからはじめよう。

私は彼の小説の何から読みはじめたのだったか。次々に読みたくなり、月々に発表されるものがあれば言うまでもなく、既刊の単行本は、古本屋でさがし求め、彼の小説そしてエッセイを読みすすむことに心のはずみを覚えだしたのは、昭和二十七、八、九年の頃であった。私はそのとき東京に住んでいて、古本屋をさがしあるくこともできた。しかしどれほども見つけることができず、戦後のものに限って言うと、二冊の短篇集と二冊のエッセイ集が求められたにすぎない。けれど私が見つけ得なかったそのほかの著書といっても短篇集とエッセイ集がそれぞれ一冊ずつあっただけだ。その冊数は私を満足させなかったので、文学全集など双書の類に目を向けてみても、彼の作品が多く収録されているものを見つけることはむずかしかった。文庫本では新潮文庫に一冊だけ八つの短篇集が収まっていた。むしろ童話集とか、フランス語版の厖大な「千一夜物語」の先の長い共同翻訳の仕事に出発した姿勢から、或る明るさをともなって受け取られるところがあったとしても、結局彼の見通しにくい鬱屈のゆえに、「腹を立てている」気配が伝わってくるように思えた。とにかくそれらの事情に私は関心を持ち、いっそう彼の小説を読みたいと思い、その世界にはいって行き、まず霧だとか古木だとか湖などに支えられている小説にぶつかった。今からふりかえると、霧や古木もそれはそれとして、その初期の作品の「白血球」や、昭和十九年と二十年にただそれだけを発表した「秦の憂愁」などに、私はなぞときをなげかけられたのかもしれない。そのなぞはよくわからぬまま、しかしいつまでも心にのこった。「白血球」では、新らしく引越した家の或る部屋に、「底寒い」「不気味」な「何だか嫌な気が漂ってくる」ことが書かれ、「秦の憂愁」では秦啓源というひとりの中国人へひきつけられる心を、遠まわしにふくみを持たせたはなし方で書いてある。「秦の憂愁」ともうひとつ「秦の出発」が書かれたときは（そしてその二年のあいだそのほかの作品はないが）、戦争は破局の方にかたむきながらそのただ中にあった。これらの小説がたぶん私を豊島与志雄の作品遍歴から引きかえさせなかった。その延長の上に、戦後の小説がどう書きつがれて行くかに、探検のような興味があった。そのとき、ほかにそのような作家を私は見つけていなかった。しかし彼の作品がまとめて出版される機会は、なぜか、はなはだすくなかった。だから、昭和二十九年に筑摩書房から短篇集の「山吹の花」が刊行されたとき、私は渇きをいやされる思いであった。それは、戦後に書いた小説を編んだものとしては、「白蛾」（昭和二十二年、生活社刊）、「聖女人像」（昭和二十三年、光文社刊）についで第三冊目のものだが、二冊目のものが出版されたあと五年以上も作品集のない歳月をへだてさせていただけでなく、そのあとの編纂のこともなく、翌昭和三十六年の六月十八日に亡くなった。

つまり私は、豊島与志雄が世間からかくれている（或るいはかくされている）ことに、わけのわからない不満があった。たぶんそれはそれだけの理由があったにしても自分でそれをときあかすことができなかっただけに、その不満はくすぶっていたようだ。へんなすきまに、彼ははいりこんでいたのかもしれない。それが彼についての一面の私のイメージであった。未来社が「豊島与志雄著作集」の刊行をはじめたとき、なにかのせきが切られて流れはじめたと感じた。もっとも、せかれていたときの緊張は、ゆるんだともいえるが、流されてきたものをすべてすくってみてなお緊張の持続が認められるなら、私たちは日本のことばによるすぐれた表現のタイプをしっかり植えつけられることになるだろうと思う。

さてこの巻に収められた小説の解説に移ろう。もっとも私には書誌的なところまで正確におさえた解説を今書くことはできない。それは第六巻の総目録や年譜を手がかりにしてもらうか、今後の丹念な研究を待つより仕方がない。

この巻の小説は、昭和二十四年の四月号の諸雑誌に発表されたものから、そのあと晩年までの三十二篇が収められている。描かれている世界はそんなに多様ではない。むしろ彼の関心は限られた方向に向かっている。ところで仮に三十二篇について、その主題が何であるか、大ざっぱな区分けをしてみればどうなるか。もちろんひとつの作品が何を主題にしているかを単純に断定することはむずかしい。その中には複合の観念があって、それぞれの観念の相互にはたらきかけあう関係のあやもつれを或る文体がつかまえて行くものだと私は理解している。省略することができないそれだけの背景を予想して、主題が見られなければ、その作品を受け入れることはあやしい。豊島与志雄の作品はそれを強く要求しているから、ますます主題の断定に困難を感ずるのはやむをえないが、あらわに現われていることばや筋のはこびなどを手がかりとしてやってみよう。

まず一番頻繁にあらわれてくる主題は、男と女とのあいだの愛情についての問題ではないか。最初の「憑きもの」から「一つの愛情」「悲しい誤解」「復讐」「孤独者の愛」「好人物」「女心の強ければ」「母親」「春盲」「山吹の花」などに、あきらかに、そのことは出ている。もっともほかのものにも底流として、それはふれられていることではあるが。言うまでもなく、愛情などという一般的な主題は、およそどの小説作品にも認められることだけれど、豊島与志雄の場合は、執着の度合いが強いと思う。しかもその状況として、おたがいの愛情の行きちがいや思いちがい、そして誤解などに重みがかかっている。男はほとんど会社員或るいは文筆にたよった仕事を持つ者として描かれているが、そのことが必ずしも重要な環境とは思えないのにくらべて、女の方が、多く飲屋、小料理屋、バーなどの女や芸妓そして戦争未亡人などに設定されていることは、作品全体を性格づける重い役割をになっていると見える。彼女たちはそれぞれ、ひなたがわではないひかげの部分を背負っている。いずれも当初のひとつの状態に蹉跌し現前の環境の方にまわってきた。そして男との愛情の交換の場に投入され、そこでいらだち、すれちがい、没入し、その結果縁を得、或るいは失って行く。どれも短い短篇だから、瞬間の火花に似た、えたいの知れぬ男女の愛情という「もの」のかたまりをぶつけられた印象が与えられるふうだ。中で、「女心の強ければ」ただひとつが長い枚数を与えられ、女性の読者を対象とする雑誌に連載されたことから、ほかのものにくらべ、描き方にていねいな心遣いが施されていて、そのことがかえって単純に、彼が考えわずらっている男女の愛情のかたちをまるごとあらわすことになった。男は「或る文化団体の嘱託事務のかたわら、際物の翻訳などをやって」居り、女は「東京の郊外で小さな製菓会社を経営している」実業家の妾で、兄の旅館の別館をあずかっている。男が翻訳の仕事のためその別館にとまったことから二人は結ばれ、その後病臥中の実業家の本妻が死に、女はその後添いの席に移し直される成行きを拒んで、男との愛情の成就の方に身をまかせて行く。そういう構造の中で、陶酔や行きちがいを積重ねつつ、彼が男女の愛情を描くときの型の展開がわかりやすくなぞられている。

次に、一般的でない偏向の高い性格の人物が取扱われている作品をひきだしてみよう。「程よい人」「男ぎらい」「化生のもの」「無法者」「ものの影」「花子の陳述」「絶縁体」などで、そこに描かれた人物は多少とも、一般ふだんの人たちよりエクセントリックな性格が与えられている。程がよすぎる会社員、男ぎらいの度が強すぎる飲屋の女、素行の悪いうわさを自分自身でつくっている戦争未亡人、同じような五十歳の独身の男、少年を撲殺した戦時中軍隊生活もしたことのある男、或る会社員の妻のノイローゼ、「あらゆる交渉や関係を断ちきろうとして」近所づきあいを拒んでいる市民、などがそこで作者から視線をそそがれた。しかしそれらの人物が、その表題で暗示されているそのものとして追求されているかどうか疑わしい側面がのこることも言っておこう。「男ぎらい」にしても「化生のもの」、或るいは「無法者」「絶縁体」にしても、世間普通のひとつの側面を強調しただけで、それらが、そのものとして自立しているふうでなく、戦後の風俗の中にとけこんでしまいそうなところがある。たぶん作者は、戦後の世情の混乱に刺激を受け、貪婪な興味を抱きながら、なにかにさまたげられて、外見の観察をつきぬけることができなかったのではないか。「絶縁体」の読後の感受だけがいつまでも読者の心にのこるのは、そこに描かれた市木さんという「変人だと思われて」いる一市民の内部に作者がはいって行けたからだという気がする。

次に豊島与志雄は、このあいだの戦争の、影響或るいは傷痕から目をそらすことができなかったようだ。「失われた半身」と「広場のベンチ」では戦争中に非戦闘員を虐殺した記憶を持つ者のゆがみのあらわれに、「牛乳と馬」では戦死者を恋人に持った少女の霊感にかかわった悲しみに（高原を背景にした牧歌的な装置の中で）、それを見ている。「擬体」では元軍人たちのつくっている会社のかたよりがさぐられ、そこにあるえたいの知れぬエネルギーを観察している。その探知は「広場のベンチ」にも少し顔を出していた。

おしなべて彼の小説のどの場合にも、たとえば右に仮に挙げた主題が、明確に腑分けされるように書かれているわけではない。彼が好んで使うことばの「霧」のように、その境目のところはぼやけ、或るいは現実の混沌の方に、或るいはもっと人間の内部の部分にかかわる幻覚とか霊感とか霊界とのもやもやしたあたりに、根の一部をおろしているように思える。だから、直接にその後者の世界にふみこんだ作品も従って生じてくることになる。「死因の疑問」「霊感」「窓にさす影」がそれで、「死因の疑問」では女中の少女がなぜ坂道の大雪の中で死んだのかわからないし、「窓にさす影」で女学生が自分の部屋の窓に見た影はうつつともまぼろしとも見分けはつかない。言うまでもなく作者はあからさまに正体をつきとめることに関心があるのではなく、気のまよいとも見えまた必ずしもそれだけで解決のつかぬ人間の心の内と外とのかねあいの部分に、うしろ髪をひかれているのだと思う。それは初期の「白血球」にすでにはっきりあらわれていた。それが根をたやさず、戦後にもくりかえし、そこのところに近よることが試みられたのにちがいない。「霊感」ではいわば、思いきって一歩、その中に足をふみ入れたと見ていい。特殊な能力、つまり霊感によって日常の不如意の原因をつきとめる力を持っている未亡人の、三つの挿話が、そこで示されているが、その「音なき声」をきく女の状態の中にはいりこんだ描き方が、そのあやしい雰囲気を濃くすることに効果を与えた。豊島与志雄はその奥に何を見つけようとしたのか。その霊感の女は未亡人であったが、彼は多くの小説の中で、そこに描きだす女を未亡人に仕立てているのはどういうわけか。私はそれをはっきりつかんではいないが、それは豊島与志雄の小説をとくひとつの手がかりとなるにちがいない。

このほか彼の主題の重要なもうひとつをつけ加えておくと、「どぶろく幻想」で扱われた中国人の問題だ。それは戦争の終末のころから強くあらわれ、たとえばあの「秦の憂愁」を生んでいた。しかしその展開は、敗戦直後のころはその気配を見せていたのに（「非情の愛」など）、そのあと痕跡を消し、「どぶろく幻想」でふたたび頭をもちあげたところで、彼はこの世の生涯での活動をとじた。また以前日本が日中事変にはいって行ったころ、彼は朝鮮人李永泰を主題にしたいくつかの小説を書いた。おそらく李と秦は彼の主題の中でそれほど距離をへだてずに並んでいるのだと思うが、爆雷をそれとなく埋め置く作業に似た彼の姿勢を感じないわけにはいかない。

さて右の区分けは、目のあらい力わざのようなものだけれど、全体を通じてはたらいている豊島与志雄の創作の軌跡のようなものを抽きだしてみよう。

彼は何を描きたかったのだろう。それを単一に指摘することはできないが、彼の小説の読後にいつも感ずることは、外に対する怒りのようなものだ。外に向かう爆発は、しかし内にひそむあやしい力の牽引に強くひきとめられている。外に対して「腹を立てている」自分と重なって、もうひとつの自分、遊離した自分、他界の気配に気をとられている自分を無視することができない。その状態をまるごと描こうとするとき、たぶん表現の中で或る工夫を要求されるにちがいない。ふだん気づかれぬもの、への彼の執着は、その道具だてとしてどうしても必要なものだ。しかし文体が、その困難な仕事の成否に重くかかわってくるだろう。「蛸の如きもの」での文体上の試みの失敗は、側面から彼の文体のひとつの限界をかたってくれると思う。彼がつまり説話のかたちを使いやすかったのはそのことを証明していることになる。たとえば江戸庶民芸術家の芸のしぶさをその文脈にただよわせているのを見落とすことはできない。もっとも彼は庶民を渇仰したが、庶民がその内部から「もの」のように描かれるようには描けなかった。その直接の接近は「庶民生活」だけれど、その中の庶民は知識者の目で衰弱させせられてしまっている。それは彼の芸の息吹きをあびて、なつかしい庶民になりすぎた。戦後の世相の混乱も、彼の小説の重要な舞台である。バー、酒場、カフェー、小料理などという名称で描かれている一般家庭でないいささか遊興の気分をただよわせた場所も、そういう場所にはたらく女たちも、庶民に接近するひとつの広い門であったかもしれない。そしてたぶん彼は或るいらだちにつかまってはなされなかったろう。彼の小説の男たちは、たいていの場合、いつも腹を立てていて、何かに抗議し何かをさがし、そして酒に酔っている。たぶんその背後に「ものの気」を感じながら。寓話と注記された「囚われ人」はそれらのいきさつ、彼の心の軌跡を自身で見つめて書きとどめたもののようなところがある。そこには、議一、時彦、愛子、酒太郎、煙吉、老女（「何かの気配」「全体がぼやけて形体は定かでない」もの）と名づけられた登場者たちがあらわれ、正夫という主人公のまわりにとりついている。議、時、愛、酒、煙、ものの気配など、彼の小説の主題と環境をいくらかはうまく説明しすぎている。

「山吹の花」は彼の最後の（しかも長い沈黙をはさんで久しぶりに出された）短篇集で、晩年の作品だけを集めたものだが、この巻の時期の作品の中で、彼の主題をすぐれて凝集させた良い作品が集中しているそのふしぎな暗合に注意したいと思う。その「後書」に彼は、「小説という形式に対し、何かしら怒りっぽく、心平らかでないものが、どこかにあったらしい」と書き、また「昔から私の作品は、だいたい習作的なものが多かったが、これらの作品もその例にもれない」とも書いた。そして最後に、「或るいは本書が、私の創作傾向の一転機となるかも知れないし、ならないかも知れない。もう少し考えてからのことだ」と結んだけれど、その機会はとざされそのまま彼は永遠に沈黙した。

以上が、この巻の小説を中心にした私の豊島与志雄の読み方であったが、書き終えて、どうしても語り落としたものが気にかかって仕方がない。それはうまく言えないが、この国の小説表現へのはげましのような何かがそこに埋まっているようなのだ。消えなんとするともしびを掲げて先に歩む者のうしろすがたが彼に重なって見えてくる。

琉球弧の視点から

私の父も母もその先祖たちも東北の人だが、私自身は東北を居住地としたことはなく、また青年期以後は九州に住むことが多かったから、いつのまにか九州の人と風土になれてきた。具体的なことなど九州についてては理解が早いが、そのほかの地方のことは、おおよその見当をつけて想像するほかはない。しかし目にうつり耳にきこえるかぎりでは、日本という国は風習も思考もほぼ画一の国と思われた。ほかの国とくらべると、異質なものを内にかかえもつ度合いが、ずっとうすい気がする。北のはしから南のどこへ行っても、人びとから受ける感じは、似たようなものだ。そのどこででも、緊張と戦慄を感じて自分の姿勢や挙措を構えなおす機会にぶつからずにすみ、過去の習慣の上でこころとからだをゆるめていることができる。このことは、純粋についてのなにかを教えてくれたが、なぜかその半面、私には、層のうすさ、手ごたえのなさ、としてはたらきかけてくるものがある。小説を書くときには、いっそう、私の立たされている場所が、自分には強靱なバネの役目を果たしてくれないことに気づかされた。異質なもののぶつかりあいの中で生きのこり骨太になっていく、そういういきさつに欠ける状況は、私をはげます側に立ってはくれなかった。そのことに気づくことはできても、画一の骨のやわらかな環境にとりまかれ育てられた体質から私がのがれることはむずかしい。

あるきっかけで鹿児島の南の島のひとつの奄美大島（ここから南は、九州ではちょっと覆いきれない）を知りそこに住むようになったとき、私は、閉じこめられて抜けだせない壺と感じていた画一の日本の、一隅に脱出の穴があいていたと感じたのだった。やがて私は八つの島々から成る奄美全体を、その南の沖縄の島々を、そしてその先の宮古、八重山の島々を、同じ視野の中で見ることができただけでなく、この地域が日本の中で、なかなか味わい深い状態でその構成を支えていることに気づいた。それは日本の歴史の中心的な渦とすこしはなれたところで別の渦を巻くように見えながら、結局日本総体の渦を形づくっていること（たとえば、武士階級についての本土と、南の島々つまり琉球弧における発生や成熟のいきさつやあり方のちがいを見てほしい）、しかも内部の分かれの渦としては、琉球弧のそれはなかなか強いエネルギーを持っているから、無知の目にとっては、異国とうつるほどの個性があらわれていることだ。それは私にはひとつの解放であった。この島々の置かれた亜熱帯の風土は、それに加えて生活の様子にも異国らしさを与えている。それを吸収しようと傾いていったのは、それが私の日本の画一からの脱出に、内部からひとつのきっかけを与えてくれると思えたからだ。つまりその異国らしさの底に結局は日本を見つけたが、そのきっかけが外からでなく内部からのものと思えたのだ。

ところで私はこの琉球弧の島々と東北とのあいだに、なにか類似の気分の流れていることに気づきだした。これは学問の実証などとは関係がないことだが、その信号の感受はどうにも拒めない。そして東北の背後には、これも気ままな言い方だが、アイヌ世界が透絵さながらにうずくまっているようなものだ。

もしかしたらこれは政治の裏通りの地帯などのこととかかわりがあるかもしれぬ、とふと思ったための一時的なサナトリウムででもあるかのように。

このあいだの戦争が私を琉球列島の中の加計呂麻島の海軍基地に運んだとき私の目の中のひとつのごみが落ちたのだったかもしれない。それが縁となり十二年まえからそのとなり島の奄美大島に住みつくようになった私は、ふたつの島が属する琉球弧の島々の様子を、その生活を通して体験できることになった。これらの日々に私が学んだのは、「見なれてきた日本のもうひとつの顔」のようなものだ。大陸にしばられている重苦しさのほどけなかった私に、同じ日本の中に居て、手足の先の方からなまあたたかくほぐれてくる感じがあった。陸地のにおいのしない海の方からの南風が吹きよせ、そしてまた海の方に通りぬけて行く、島の限りの小ささがしみこんだ、この肌に快い生活の場所。しかしそこは、つまりは異国のにおいにむせてくるのではなく、もぐりこむといつのまにか日本にたちもどってくるところであった。たとえば、ひとつの交響の楽譜が今までとちがったおもむきの演奏にきこえたようなのだ。その音色はどこにひそんでいたのか。そして私ははっきり自分がオセアニアに顔を向けていることに気づいた。はじめ、南島の環境や熱帯圏的気象条件などの類似から、もしかしたらと向けた目つきには、なおヨーロッパ人のかげりがのこっていたとしても、やがてしだいに私は、自分がまざっている日本人の生活の根っ子のところの問題として、オセアニアの存在が気にかかりはじめた。それは、自分が住んでいる奄美だけでなく沖縄や先島を見てきたあとでいっそう強まり、いくらかかたくなに、今度は、大陸に背を向け南の海の方にまなざしを投げかけたい衝動をおさえられなくなった。長い長い冬のあいだなお枯死せずに残った南島の生活の芽のようなものが、自分の中にもあったのだと思うことは、むしろひとつの可能に満ちた戦慄といえた。

ところで「南太平洋美術」の巻末に折込まれた「オセアニア全図」は私に象徴的なささやきをかけてよこす。オセアニアのすべてが収まるように切りとったその地図の西北端に琉球弧の島々が、宵空の地平近くすがたを出したひとつらなりの星座のように、すがたをのぞかせているではないか。それをもうすこし海洋の広袤にも舞台が貸せるように広げて行けば、琉球弧だけでなくそれを南の部分にかかえこんだわれわれのヤポネシアが、太平洋の中の島嶼群のひとつとしてあらわれてくることに気づくだろう。それはもはや欧亜大陸の果てのその先、ではなくて、海洋に育まれた島々の中のひとかたまりの島嶼群として、太平洋の空虚を支える役割をになっているように見えてきたのだった。

オセアニアと日本の血縁的ななにかや、文化交流の系譜などのことを私は言おうとしているのではなく、ある地域の中での似通った普遍の生活などを考えてみたかっただけだ。仮に民俗などの具体の上で、オセアニアと日本がどうだということをおさえるためには、厳密な実証がまず先立たなければならないだろう。奄美の生活の中では、本土をはみ出たかたちの南島の要素がしきりに感じられながら、それはそのまま日本を説明しているとしか思えないところがある。醬油焼きしたかきもちのかたさとうるしくささでかためられたふしぎな「日本かぶり」を今なお濃厚な南島の記憶の中で表現している琉球弧が、私には、そこにはいるためには呪文が必要なひとつの入口のように思えてくる。その入口にはいれたとして、さて、どこへ、と問われればいくらかとまどうが、その先の方にはオセアニアも横たわっているという予感はいっこうに消えそうでない。

特攻隊員の生活――八・一五記念国民集会での発言

島尾です。私、顔色がさえませんが、話もさえないからそれが心配ですが、与えられた時間、しゃべってみます。

「特攻隊の日常生活」についてしゃべりたいのですが、このあいだの戦争のとき、いろいろな特攻隊があり、私はその一つに居りましたが、結局のところ自分の居た特攻隊のことしかわかりませんので、それを手がかりにして、どんなふうに生活していたかをお話ししたいのです。

私、子どものとき、日露戦争の「決死隊」などの話を聞くと震えがくるぐらいに恐いものだと思っておりました。「特別攻撃隊」という名前を知ったのは、たぶん真珠湾攻撃のときに、九軍神といわれた九人の青年が、真珠湾にはいって行って、十人でしたか、一人生き残りましたので、九人が死んだ。それが特別攻撃隊の名前で知られたはじめではないかと思いますが、そういう決死隊だとか、特攻隊だとかという名前を、子どものときから戦争が始まった青年のころまでも、耳にするたびに、非常に奇妙な感じと同時に、そのころはちょっと口に出して言えませんでしたけれど、恐しいような、非常に臆病な、私自分の臆病はなんとかして克服したいと思いながら、どうにもしようがないようなところがあって、そういう気持で特攻隊というものを見て居りました。ところがその自分が特攻隊員になってしまった。それは一年と四箇月でしたか、五箇月ほどですか、今ちょっと正確には言えませんが、その間特攻隊の配置に就いておりました。ですから、いつ出撃命令が出るかわかりませんが、それさえ出れば、いつでもすぐ出かけて行って死ななければならない状況に置かれていたわけです。

その一年四箇月でしたか、五箇月でしたかのあいだの特攻隊の生活のなかで、なにが印象に深かったか、いくつか挙げようとすると、なにか嘘になってしまいそうですが、あえて言ってみると、その一つはどうしても特攻隊に入ることがきまった日のことです。それは非常に強い印象となって今でも残っております。私は予備学生を志願して海軍にはいりました。第三期海軍予備学生です。三千人ぐらいいたのではないかと思いますが、そのなかから三百名ぐらい選抜されて、海軍水雷学校に入れられ、第一期魚雷艇学生という名前で魚雷艇の訓練を受けたものの一人なのです。当時アメリカ海軍にトーピードー・ボートと呼ばれた小型戦闘艇があり、日本軍がたいへん悩まされた。それに対抗するために、日本がわでも同じく魚雷艇というものを作ることになったのだときいています。そういう裏のことは、私にはなにもわかりませんが、とにかく今までにない危険な戦闘艇だということで、予備学生のなかからも希望者が募られたのです。私は心にもなく最終的な三番目の希望として、申しわけの気持で魚雷艇と書きましたところ、その魚雷艇にまわされてしまった。そして魚雷艇の訓練を受けたのですが、当初の三百人はいろいろの事情で二百人ほどに減ってしまいました。私はどうにか残った。残りましたが、魚雷艇が実際には海軍が考えていたようには製造できなかったのではないかと思います。だから二百人もの指揮官はいらなくなった。それでそれをいくつかの特攻に分けて使うことになったのではないかと思います。

　ある日、それは昭和十九年四月でしたか、五月でしたか、もうそのへんのところがはっきりしませんけれども、毎日毎日魚雷艇の変わりばえのしない訓練で、あきあきしているときに、突然総員集合がかかりました。私たち予備学生は娑婆気が多く、技術も未熟、山船頭のようだ、海軍の青年士官としては適当ではないという叱咤のもとに訓練を受けておりました。しかしそのときに、学生隊の責任教官からこう言われたのです。おまえたちは一生懸命に訓練に耐えた甲斐があって、ようやく一人前の青年士官になった。海軍はその実績を特に認めて魚雷艇学生の中から特攻隊を志願することが許された。今日一日訓練を休んでゆっくり暇をやるから充分考えて志願をするかしないかについて返答をしろ。当時の私たちはとにかくなんでもいいからちがった生活にはいりたい気持でいっぱいでした。なにしろ訓練がなくて終日休めたのですから、まずなによりも解放感でいっぱいでした。次になにか考えなければとあせる気持はありましたが、なにを考えたかわかりません。特攻隊を志願したあとがどうなるかなども考える力はなく、一日中ぼんやり海岸に出て、ウニをとって食べたり、洗濯したり、それから寝ころがったりして、すごしてしまいました。別にどういうこともない一日でしたのに、どう言っていいか、とても長い長い一日のように感じられました。翌日の発表によると、二百人とちょっとおりました魚雷艇学生の全員が特攻を志願したと伝えられました。そしてそれぞれ、本来の魚雷艇配置につく者のほかに、いわゆる人間魚雷として知られた「回天」や、最初の特別攻撃隊に使った特殊潜航艇の「蛟竜」、それは海軍内部では「甲標的」と名づけられ、「回天」の方は「〇六」というへんな言い方で呼ばれていましたが、それに「震洋」、部内用語でいう「〇四」などの特攻にばらまかれ、私は「震洋」にまわされたのです。とにかく特攻に志願したその長い一日、或いは非常に短くもあった一日の、とりとめのない印象が妙に深いところで強いのです。

次に、これは部隊を組んでからのことです。特攻隊の戦闘は一回かぎり。それを行なえばすべてが終焉します。ですから私は戦闘を知らないまま戦争を終えました。こうして生きているのですから。戦闘を経験すればもう生存は考えられません。ですからふだんの日は別に危険な戦闘行為をすることはなにもないわけです。苛烈な戦闘場裡に敵と入りまじるなどの経験も全くありません。ただ待っていただけです。敵が来るのを。待つことが私の戦争体験のすべてだといっていいでしょう。基地での当初、状況は悪くありませんでした。しかしちょっと様子が変になりますと、「第三警戒配備となせ」、でしたか、そういう号令がかかります。もう少しあやしくなると第二警戒配備、そして第一警戒配備となって、最悪の場合に即時待機がかかります。それがいきなり即時待機のかかったことがあるのです。そのときアメリカ軍は硫黄島に向かっておりました。台風と同じで、はじめは奄美に来るか硫黄島に来るかちょっとわかりませんから、もしそこになにか乱気流でも発生すれば、こちらのほうにやってくる公算が大きかった。そのときの即時待機の発令は私にとって大きな衝撃でした。なんといいますか、無性に死にたくないという気持が出てきました。それが強い印象の二つめです。

三つめは、八月十三日。この日とうとう特攻戦出撃命令が下ってしまったのです。さあ、行け、そして死ね、というわけです。これはあとでお話ししますが、そういうふうなことで、その三つを、と言うのもおかしいのですが、それらがわりに強く印象に残っていることです、特攻隊の生活のなかで。

ところで「震洋」というのは、「震洋艇」とか「〇四兵器」などとも言いましたけれども、どういうものかというと、五メートルほどのモーター・ボートです。モーター・ボートそのままを考えて下さっていいのです。艇の体といいますか、それはベニヤ板でできていて、自動車のエンジンがくっついていました。それから艇のへさき、いちばん前のところに、二百三十キロでしたか、二百五十キロでしたかの炸薬が詰めこまれていました。つまりそれが敵艦船にぶつかるのです、一人乗りで。戦局がだんだん逼迫してき、日本が不利になってきたとき、この安直な兵器をむちゃくちゃに作った形跡があります。魚雷艇を作るより簡単です。なにしろベニヤ板で、ただ炸薬を詰めるだけですからね。それに人間が一人ずつ必要ですが、この方は問題がありません。人間はいくら使ってもよかったような状況だったのですから。結局敗戦のときには、およそ百個隊を越える震洋隊ができていたようです。それだけの震洋隊はそれぞれの運命をたどったのですが、その多くは、だいたい無傷で生き残ることができた。コレヒドールに行きました七個隊、これはほぼ全滅です。もともと震洋艇という特攻兵器は、アメリカ軍がフィリピンに再上陸してくるのを防ぐために、それこそ何千隻、来寇予想の海岸に隠しておいて、いよいよ上陸してくるところを一挙に突撃、体当りして殲滅を期するという一回勝負の兵器のはずです。二度三度と使うと、当然敵にもれますから効果を期待することはできません。それなのに、日本海軍は、コレヒドールで発見されたそのあともこの震洋隊を、中国の沿岸や台湾から南西諸島つまり先島や沖縄、奄美にかけて配備し、とどのつまり九州沿岸から四国の方にまでそれをばらまきました。

もう一度くりかえしますと、コレヒドールの七個隊が全滅。それからフィリピンやそれぞれの基地に向かう途中敵の潜水艦などの攻撃を受けて約六個隊が海没しました。それから沖縄本島には二個隊の配置ですが、これは御承知の通り混戦状態になりましたので、出撃した艇もあるらしいのですが、確認されておりません。隊員の大部分は戦死した模様です。また戦闘場面ではなく事故による死亡、損傷もすくなくありませんでした。いちばん悲惨なのは土佐湾のどこかに基地のあった震洋隊ですが、終戦の日、一隻の暴発の事故がもとで、全艇に誘爆、一個隊およそ百八十の隊員と約五十隻、実は隊によっていくらかは編成がちがうので、この数字はたしかではありませんが、とにかくわずかに二、三人を残しただけで全滅したときいております。

私が行っていたところは奄美大島のすぐ南の加計呂麻《カケロマ》島というところですが、喜界島と三島合わせて五個隊が行っておりました。そのうちの一個隊でも、暴発事故が起こり、いっしょに訓練を受けた魚雷艇学生の仲間が十数人の部下といっしょにふっとんで死んでしまいました。震洋艇の爆発装置は非常に簡単なもので、基本的には電路を利用することになっておりました。艇の頭部に炸薬が詰めてありますから、いよいよのときには雷管をさしこみ、信管を挿入した上で電路の或る部分を接続させます。そうしておきますと、対象物に突きあたったとき、艇のへさきがへこむことによって回路が形成されて、爆発することになるのです。ちょっとおかしなことですが、体当りは必ずしも要求されてはおりませんでした。実は敵前五十メートルまで接近すれば、舵を固定してうしろにとびこみ脱出してもいいことになっていました。しかし実際問題としてそういう芸当はとうてい不可能なことです。ですからそういうふうには訓練をせず、もっぱら舵をもったまま体当りでぶつかる練習をやりました。ところで、敵機の発見を防ぐため、壕の中にかくしておかなければなりませんので、にわか造りの壕の中は水びたし、そのため艇そのものが電路となっているのと同じわけです。そんなわけでうっかり回路をつなごうものなら、敵にぶつかるまえに自爆してしまう。ですから電路を使うことができません。それならどうするかというと、別に手動用のハンドルがついていて、それを引っぱって爆発させることになっていました。突撃し、敵艦にがっと当ったなと感じたときに、そのハンドルをぐっと引くわけですね。そうすると自分のからだごと爆発して、敵艦に損傷を与えるはずになっていたのです。そんなふうなことで、非常に危険なものでしたから、事故が非常に多かったのです。

時間がありませんので、途中を端折ってしまいますが、約百八十人の隊員と約五十隻の震洋艇を持った一個隊の指揮官の配置についていました私は、一冊の赤い表紙の書物を持っておりました。「〇四兵器操法」とでも書いてありましたろうか。もうはっきりした記憶がありませんが、軍機という印がついていて、誰にも見せてはいけない、指揮官だけが見るという薄い書物で、読んでみても別にどうということはないのですが、たとえば武術流派の極意書みたいで、非常に大事にして誰にも見せてはいけないが、あけてみたらあっけない単純な絵解図だったという感じのものでした。なにかそのからくりがおもしろくて、私はそれを鍵のかかる箱に入れ、いかにも大事そうにしまっておき、ときどきあけてみていました。そこからなにか極意でもさずかれそうな気がして。

しかし書いてあるのは、たとえば艇隊の陣形のこと、一列のままま直ぐに行く形、二列になる形、横隊や菱形になる航行の場合などというようなことしか書いていないのです。それにもとづいて単純な訓練の反覆をやりました。海上に出て昼間は手旗を使って号令の信号を送りました。夜は懐中電灯です。その灯が敵から見えないよう赤い紙を貼ったと覚えています。それをぱっぱっと点滅させ、散れとか集れとか、一列になれとか、速力を落せとか、全速力とか、それから突撃態勢に移れ、突っ込めというように号令しつつ、練習を繰返すわけです。それと敵艦に当った衝撃を感じた瞬間にハンドルをぐっと引く練習ですね。果たしてそんな微妙なわざができるかどうか疑問でしたが、とにかくやってみるほかに道はありません。うしろに飛び込んで脱出しろというのではなく、そのまま いっしょにぶつかれという訓練をするわけです。毎日そんなことばかりやっていました。もちろん一般の軍隊でもするような隊務日課もやります。またエンジンの故障を恐れますから、エンジンに習熟するための学習がまた重要な作業でありました。さきほどもお話ししましたように、私の属した震洋隊の基地は奄美群島の加計呂麻島、呑《ノミ》之浦という入江でしたが、当初フィリピンに行く予定が変更されてそこにきまったのです。

震洋艇はベニヤ板のボートですけれども重量はかなりあります。それを五十隻に、二百三十キロか五十キロでしたかの炸薬が五十個あります。それから乗用車にトラック、ほかに各種の整備機械類に、陸戦用兵器弾薬、百八十人の何箇月分かの食糧、たいへんな量ですが、それらをデリック起重機の操作まで、なれぬ手つきでやって輸送船にすべてを積みこみ、奄美の海軍根拠地のあった加計呂麻島の防備隊の港に行き、そこでまた積んだもののすべてをおろして、基地だと指示された呑之浦の入江に行ったところが、なんの設備もされていないのです。致し方なく設営作業にとりかかりました。まず震洋艇と炸薬の応急隠蔽です。その次に兵舎を建てました。兵舎を建て終わると、震洋艇の艇庫としての防空壕を掘らなければなりません。三十メートル近い壕を十二も掘りましたが、一箇月ほどでどうにか形がつきました。もちろん昼夜兼行で、どん突きの穴掘り作業でした。それができてしまったあとで、さっき言いましたような海上に出ての艇隊訓練にふたたびはいることができたのです。それはとても気持がいいものでした。はじめのころは速力もかなり出ましたから。それがだんだん落ちてしまって、終わりのころは十八ノットもあやしくなりました。しかし当初の計画は三十ノット近くも出るのだときいていました。そのくらいの速力が出れば、気持がいいから、死ぬときも感覚的な麻痺におそわれて、案外楽な気持だろうというふうに思っていたわけでした。ところが実際にはだんだんそうでなくなってきた。速力がすっかり落ちてしまった震洋艇で、恐怖をいっぱい身にかぶりながら、よたよた敵艦に向かわなければならないようなことになるのではないか。

ただ震洋艇の操作がはなはだ単純だったことは、ひとつの救いでした。最初魚雷艇の訓練を受けましたときは非常に面倒くさく絶望的な感じさえ持たされました。魚雷戦の攻撃をする場合には、敵艦との距離、相互の進行方向のあいだの角度、そしてその速力を瞬時のうちに目測した上で、魚雷に魚雷自体の速力と深度の操作を施して、それから、撃て、の発射をかけるのです。それですからそのような緻密な計算の不得手な私など、魚雷戦はとてもできそうもないと、あきらめていたところがありました。それにくらべれば、震洋艇の方はずっと楽でした。エンジンの仕組みをのぞけば、すべてがすこぶる単純でしたから。つまり兵器そのものを自分が運んで行くのですから、なにも角度とか距離とかまた敵艦の状態のデータも必要ではありません。とにかく非常に単純な戦法だったものですから、私には助かりましたが、ほかの特攻兵も気らくに訓練を受けとっていたようでした。

しかしその訓練も敵機の跳梁がはげしくなるに従い、昼間から夜間に移行しました。そうなると昼間の主な仕事は偽装作業に切りかえられました。山から木を切ってきて、艇庫の入口や兵舎などにそれをかぶせて自然らしく見せかけるためにです。基地が敵の飛行機に発見されないように。だから高射砲はもっていましたけれども、山上の砲台から下ろしてしまって敵機が来ても、じっとしていました。たとえこちらから二、三発、たんたんたんと撃ったとしても、向こうからのお返しがやたらに多いのです。だららら一っときますから。そのためにもし基地が発見され絨毯爆撃でもされた日には、艇庫の震洋艇が誘爆して、基地は吹きとび全滅してしまいます。ですからなるべくそっと隠れていることにしましたので、特攻戦が下令されるまでは、いわばのんきな生活でありました。そして給与はよかったし、食事もほかの隊よりずっと優遇され、進級も早かった。

では、そのときの精神状態はどうだったでしょう。今から考えてみると、どうしてもへんであったにちがいないとは思いますが、実のところ今もってよくわかっていない気がします。沖縄の島がすぽっと海中に沈んでしまってほしいなどと本気で考えたことがありました。といいますのは、沖縄周辺に千を越えるアメリカの艦船が蝟集しているという情報がはいっていましたから、沖縄島がいきなり陥没したら、その渦の中にアメリカの艦船が全部巻きこまれて無くなってしまう。そうすれば当分は特攻戦の発動が下令されなくなるわけですからね。それでそんなあやしげなことを本気で考えました。結局は必ずやってくる死を少しでも引き延ばし、その恐怖をやわらげようと思っていろいろなことを考えるわけです。死んだら二階級特進のはずだから、少佐になって、新聞の第一面に、写真入りで出るだろうとか、おかしな慰さめを与えてみたり。徳之島の西方海上に硫黄鳥島という孤島があるのですが、いよいよ出撃のとき、「面舵いっぱい、鳥島ようそろ」で、そちらに戦線離脱をして行ってしまったらどうだろうかなどと妄想したこともありました。その島にはごくわずかの住民がおりましたけれども、たいへん不便な、活火山をもった離れ島で、実際に飛行機の特攻兵が不時着をし、何箇月かを過ごしたあとで帰ってきたという例もきいています。

私自身にとっていちばん気がかりだったのは、出撃命令を受けとったときの自分の態度についてです。たとえば、ふだんは軽い軍服を着ていますが、いざ出撃のときには飛行服に着がえることになっていました。しかし出撃命令を伝令が届けてきたときに、自分は落ちついた動作がとれるだろうか。出撃の行動のために次々に命令を出しながら、飛行服に着がえなければならないわけですが、うまく左右をまちがえずに自分の足をうまくズボンに入れることができるだろうか。それが本当に心配でした、とっても。またいろいろ携帯品を持って行きますが、それをひとつもとり残さず身につけることができるか。今考えると、ちょっとおもしろい感じがしますが、携帯糧食も持って行くことになっていました。死出の旅路にお弁当を持っていくわけです。そのせっかくの弁当を忘れたりするのは恥ずかしいですからね。手榴弾も一個持ちました。拳銃は与えられませんでしたが、日本刀は持って行くつもりでした。腕がうまく袖に通せるか。実を言いますと、夜みんな寝静まってから私ひとりこっそり何度も練習をしてみました。そら、いま命令がきたぞ。よし、まず総員集合を命じよう。それから命令された特攻戦区分を赤い書物でたしかめるのだ。あわてずに枕もとの飛行服をつかむ。などというふうに、そのときにやるべき行為のコースを予習してみました。もっとも途中でいやになって放棄することが多かったのですが。ところが八月十三日にとうとうそれがやってきたのです。そのいきさつをとても話したいのですが、時間がきてしまって残念です。ただ、究極のところ出撃しなくてすんだのです。ここにこうして生きているわけですから。

十三日のあと、十四、十五で終わりました。十五日に、奄美方面の海軍の作戦の中枢部のあった防備隊に、各隊の指揮官が招集されて、無条件降伏のことが告げられました。その日、防備隊に行く途中、一人で山道を歩いていましたが、もしかしたら日本は負けたのではないかと、ふと思ったのです。それまではそんなことを思ってもみませんでしたが、そう思ったとたんに、ちょっと恥ずかしいのですが、思わず笑いがこみあげてきて、からだが熱くなり、どうしようかと思いました、うれしくなって。防備隊へ行ってみるとその予感はあたっていたのです。みんな悲愴な顔をしているように見えたのですが、まあ、そのようなことで、戦争は終わりました。

そのときからもう二十二年がたちました。敗戦の直後のころ、「特攻隊崩れ」という言葉が出来て、自分は崩れていないというふうに、その当時私は思っていましたのですが、今ふりかえってみると、やはり崩れていたのだと思うようになりました。鹿児島の方では、旧藩のころの各種の騒動を「崩れ」と言っております。「文化朋党事件」のことは「近思録崩れ」とか「秩父崩れ」などと言い、嘉永のお家騒動を「高崎崩れ」と称しています。奄美にも「徳田崩れ」と呼ばれる事件などが言い伝えられていますが、それらの崩れとはちょっと様子がちがいますが、特攻崩れもやはり一種の崩れで、崩れていたことになるのではないか。

一年と四、五箇月かの特攻の生活で、どういう影響を私は受けたかということは、なかなかわかりにくいことで、それと私自身の素質の問題もからんできますから、そのへんがどうなっているのかもよくわからないのですが、とにかく私は小説の表現形式をかりて、これはこの先もずっと追究してみなければならない問題じゃないかと考えています。

日本語のワルシャワ方言

二度の機会が私をポーランドのワルシャワに赴かせた。なぜポーランドを選んだかは、ひとことで言いつくせないが、この国の歴史が、わが国では想像もできぬ苛烈な様相をあらわしているにもかかわらず、人々がおおむね人なつこげに受取れることが、私にはふしぎに思え、心ひかれるものがあった。それに現在この国が共産主義に基く政治体制をとっているのに、国内いたるところに存在するカトリック教会がなお根強く生き続けていることは、どういうことなのかという素朴な疑問がぬぐい去れなかった。人間の生活にとり信仰とはなにかという問いかけに対し、この国の矛盾の中でひとつの実験が行われているようにも思え、それは将来どのようなかたちに移りかわって行くのかという関心と共に、現在保ち得ている一応の均衡はどういう具体的なすがたをあらわしているのかを、自分の目で見たかった。しかしまだそのことをときあかす力が私にはないので、今はワルシャワ大学日本語学科の学生たちのことを書いておこう。二年前の秋にはじめてワルシャワを訪れたとき、大学構内の小教室で、日本語を専攻する何人かの学生と会い、私はにわかにはそれが本当だとも思えなかった。東洋研究所の中の日本語科とでも言うべき講座をめぐり、コタニスキ教授と何人かの助手に加えて日本人講師がひとり配置されていた。そのとき私は一人の四年生と四人の二年生を見たのだ。かれらはそれぞれ歌舞伎、生花、日本史、日本音楽などを研究しているようであったが、それがかれらの将来の生活とどのように結びついて行くのか見当もつかぬ気持であった。

　二年の歳月の経過のあと再びその教室を訪れた今度、先の二年生は四年生に、そして別に十二人の二年生が日本語を専攻していた。あいだの学年に学生がいないのは、専攻学生が一年置きに募集されるからだときいた。二年まえの訪問のときにいっしょだった工藤幸雄が、新たに日本人講師となっていたせいもあって、私はその教室を訪れることが多かった。二年生の授業を聴講したときのことだが、出席の学生のほとんどが女子学生だったので、手ぜまな小教室は、それぞれ個性の強い花々の咲ききそう花園に似ていた。はずみと抑揚の豊かな彼女たちの口調で発音されると、文法と使用習慣の上ではどこかへんなその日本語が、かえって風変りな表現の美しさを持ったことばのようにききとられたのだった。彼女たちが口をそろえてうたった日本の童謡や歌謡が、また日本語の可能性の実験のようにきこえ、私は、本当はことばの通じない外国に居る実感を抜きとられて、おかしな酔いを覚えたほどだ。一歩その教室の外に出れば、私はまぎれもないひとりの東洋人として緊張を強いられていたのだから。彼女たちがなぜ、能に興味を持ち、日本の現代小説をおもしろいと思って読み、茶の湯の作法を知りたいのか、私にわかるわけもなかったが、彼女たちの使う一風変った日本語をそのとき耳に快くきいたのは、どういうことだったのか。たとえばそれはモスクワできいた日本語をしゃべるロシヤ婦人のそれとどこか似かよい、彼女たちが母語をはなすときより、もっとやさしい調子が、たどたどしい手さぐりの発音の中にあらわれていたが、その上になお私はワルシャワ特有の語彙の選択にあることを認めたのだった。ハイとデス、モチロン、ザンネン、モシモ、デズガ、などのことばがよく耳にはいり、そしてそれはどことなく適切を欠いた使い方なのに、それなりに新しい表現領域を開拓したことばのようにきくことができた。実のところそれが私に全く耳あたらしいものではなかったのは、二年前のとき私たちのために通訳の労をとってくれた彼女たちの先輩のクリスティーナ（いま日本に留学中だが）が、はじめてその耳やわらかな抑揚を持つ日本語を教えてくれていたからだ。それが今度かさねてワルシャワを訪れてみると、すでにそこには小さなひとつの日本語使用圏のできていることをめずらしいこととして受けとらないわけには行かなかった。それを私は冗談にワルシャワ方言だなどと、何かの断層面を見る思いで名づけて見たのだった。

　四年生のアンナとスタニスワフそしてイエジイの三人は、二年前にただ一度きりではあったけれど、お互に顔を見知っていたせいもあって、今度は交渉も多く一層の親しさを覚えたようだった。中でもスタシェック（スタニスワフの愛称）からは、クラクフの町を案内してもらったり、彼の名前の日の祝いの集いに参加したこともあって、より多くその日本語をきく機会があった。彼の男らしい直截な行動と素朴な人なつこさに私はとりわけひかれて行ったようだ。彼の日本語はワルシャワ方言の中でもひときわ目立ち、ファンタスティックな日本語だとみんなに言われていた。受話器の中から、ためらいがちの、しかし勇敢な日本語がきこえてくると、私は憂愁に満ちたホテルの部屋の中で、いきなり厚い壁が取り除かれたような気分を味わったのだ。モシモシ、シマオサンデスカ、コンニチワ、デズガ、スタシェック、ココデス。そんなふうな日本語が私の表現能力をふくらませるふうにさえ作用したのだった。彼の名前の日の（つまり聖スタニスワフの祝日のことだと思うが）集いは、学生寮の彼のせまい部屋の中に二十人ほどもその友人たちが集まることによって催されたが、おくれた仲間がはいってくると、ちょっと間合いを置き、スタシェックの音頭で、先着と後着の者がいっしょに、トゥシ、チテリ、ホーイチ！　と声を合わせてどなっていた。それは別段の意味のない仲間同士の挨拶にはちがいなかったが、そこで大声で叫ばれたホーイチというのは、あの耳無し芳一のことだということであった。トゥシ、チテリは、三と四だから、何かをするまえのかけ声だ。同じ人数の男子学生と女子学生たちが、おしゃべりし、歌い、おどり、そして飲み且つ食べて深更を迎えたその夜の状景を私は忘れられないだろう。プラハに発つ夜、ワルシャワのグウブナ駅頭で、私は工藤を中にしたアンナ、イエジイ、スタシェック、グラジナのすがたが見えなくなるのを、切ない気持で視野の外に放した。動き出した列車の高い窓の上下で握った手をはなさず、シマオサン、スタシェック、プラハデス、と叫んだスタニスワフの声に重なって、かれらの口つきから出された日本語の数々が、列車のベッドに横たわった私の耳にまつわりつき、いっこうに離れて行きそうにもなかったのだった。コノタテモーノノ、ナマエハ、ミカン、デス。ナカニ、アツイ、クーキ、デシタ。デズガ、イマハ、レモント、ダケデス。ザンネンデス。ハイ、モチロン。モシモ、ワタシガ、デンワヲ、カケマス。モシモ、ワタシタチガ、チズヲ、ミマショウ。ソコニユキマショウ。シマオサン、コンド、ワルシャワニ、ナンネンカンデスカ。オー、デズガ、コンドコソ、マケナイゾ。

伊東静雄との通交

伊東静雄についてこれまで四度短い文章を書いた。それは求められたその折々に、触発されるものがあったからだが、そうしながらひそかにひるむ気持がぬぐいとれなかった。その原因は私に彼の詩がよくわからないこと。わからないと言っていいかどうか、とにかく彼の詩のどこがどのように自分の心にふれ、或いはその世界が理解できるか、あやしいから、四つの文章を書いたと言っても、その詩については避けて通らないわけにはいかなかった。かさねて同じこころみの中に置かれることになった今も、その事情が動いたわけではない。それでもなおそのこころみにおちてみようとするには、もちろんそれだけの理由があるわけだから、つまりはその理由の確かめを書くことになる。

彼は私にとって詩人であるまえにひとりの観察者であった。観察される私は彼の目の刺し貫ぬきの下では一匹の蛾と思えた。自分をそう感じたことははじめてのことではなく、戦争まえの同人雑誌の仲間らのあいだですでになじんでいたことだ。それは鱗粉をまき散らしつつ羽根をへし折られ、とうてい生きて行けそうもない手傷を、仲間らの目は私に与えたと思えた。その圧迫から逃げだすために私はきっと或る姿勢を考えたはずだ。それは姿勢というものではなく生きのびるがまんにすぎなかったかもしれないが、思い起こすさえ或る胸苦しさにしめつけられるようなものだ。そのとき私はなんどか仲間らの目に刺し殺され、なお死にきれなかったのだから。戦争を通りぬけ、ひとかどの体験をまとって帰ってきたつもりの私のまえに、伊東静雄は、その仲間らの目つきを持ってあらわれたのが私にはめずらしかった。すでに戦争と軍隊の体験の中で、かつての傷の痛みは治癒したつもりでいたのだから。でも私の軍隊体験など仲間に似た彼の目のまえでは塵埃ほどの軽さで吹き散っていた。もっともそれはそのときの私の生活の根底の状態とつながり、敗戦後の私は閉じこめられた考えの中で未知の生活に、対応する術もなく淀んでいた。それは外の世界のことでなく、私自身の内部が、むしばまれつつあったことにかかわっている。軍隊の中でできたえられたと思った世間修業は私のどこを通りぬけて行ったか。私ははなはだ危険な状態に置かれていたが、伊東静雄との交渉を思いおこすと、その時期とかさなっていたことに気づく。だから彼を私の中によみがえらせることは、その時期の私が墓石を起こして立ち上ってくることになってしまう。それは私にとって快くはないが、少なくとも過去の確認であることにまちがいはない。或るいはもっと根源的なこと、自分を限定する輪をいっそうせばめることに役立ちそうな気がする。たぶんその故に、私が理解のとどかぬ詩を背光にした彼の危い淵のそばに性こりもなく、また近づいて行くことになる。

伊東静雄を最初私が訪ねたのは、彼の詩をなかだちとしてではない。もっとも私の仲間らのあいだでは彼の詩が、或る特別の意味をもって輝いていたような雰囲気があった。それはどこから来ていたものだったか。私はしかし彼の詩をわかろうとはしなかったし、もしその気になっても成功したとは思えない。彼には「わがひとに与ふる哀歌」と「夏花」の、二冊の詩集が公にされていたころのことだ。

大阪の住吉中学校の教師であった彼の教え子のひとりのSが、私の入学していた大学の、しかもおなじ専攻学科にはいってきたときに、ひとつの偶然がかかわりの種子をまき、Sはやがて私を彼の所に伴うことを敢えてした。そのとき私の仲間らが私を特別のまなざしで見ていたことを意識からはずしていられたわけではないが、ひとりの詩人を訪ねるのではないのだと、私は心のどこかで弁解を用意し、その裏付けとして、彼の詩をなにひとつ知らぬことを誇りに思っていた。それは昭和十八年の夏のことだ。彼はそのときの私に、ひとりの小柄でどこか女性的な感じを与える中学教師としてあらわれた。私のせまい過去の経験の中でさえ、誰彼をあてはめてみることのできる、どこかで一度見たタイプのひと、と映った。まずあきらめて出かけて行く私が、はじめから彼とSとの師弟のあいだがらを固定させて考えていたこともあるが、もう二度と訪ねることもあるまいとほぞをかためていた。私が彼に女性的ななにかを感じたことは、あとでいくらかゆれうごいて行く。残された彼の写真を見れば、彼にはどこか狼を思わせる目の光があって、当初の私の感受と矛盾する。もっとも彼自身自分の目を狼の目になぞらえたがってはいたのだけれど。

雪原《せつげん》に倒れふし、飢ゑにかげりて
青みし狼の目を、
しばし夢みむ（八月の石にすがりて）

飢餓の状態でとびかかる獲物をねらっている覚めた目を、彼は自分の目として押しつけ、私たちの眠たげな偸安の目にいらだつふうであった。なぜはじめ私は彼に女性的ななにかを感じたかわからぬが、あとでそれがすっかり払拭できたとも思えない。いつか私はおかしな夢を見、それが奇妙にからみあい、私の考えのひだにもぐりこんでしまったのか。夢の中で彼は男とも女ともつかぬ異様な者としてあらわれ、私はその彼を尊敬して近づくうちに彼の使うことばが私のまえとかげではうらはらなことに気づき、離れようとすると、彼は狼の目で執拗に追いかけてくる、そんな夢。

とにかく、最初彼の家を訪ねたとき、私とSはほどなく軍隊入りをし、行きつくところ戦場にその身をさらさねばならぬ状態にあった。彼の方は二番目の子供の生まれるまえで、「家中がいらいらと小言の多い日をすごし」（昭和十八年・日記）ていたころだ。また同僚や教え子たちの応召し入隊する者が相次ぐ世相にとりまかれ、「広い庭のある田舎の家の座敷で、毎日の日課に、一枚、二枚と小説――というより、世のさま、家の内、わが感想など書きつぐ仕事をしたいものだ」（昭和十八年・日記）と腹の中で考えていたようなとき。彼は私とSに、戦場に行ったらサツジンでもゴートーでもなんでもやって来なさいとはげまし、ふたりとも彼のはげましに元気づいてそうやって来ますと胸を張って見せたのだったか。いや、それはそうではなく、彼の教え子のひとりが入隊挨拶に来たときに、先生ぼくは戦場に赴いたらサツジンであれゴーカンであれ悪徳と名のつくものは全部やってきますと言っていたはなしが出て、二人がぼくたちも負けずにそうやろうと言ってみせたのだったか。伊東静雄は狼の目、自在のひととなって中空をかけりながら、私たちの憂鬱を吹きとばしてくれたと思えた。それはひどく透明な思想に思え、戦場に出ると言っても、うすよごれた泥だらけの軍服をまとったすがたとしてではなく、顔に薄化粧をほどこして下着はまあたらしく、衣服も鎧も華美な装いに覆われた一騎打ちの若武者の群れが敵の方に歩いて行く光景が、私のまぶたには浮かんでいた。それは彼が私たちの未知の戦場へのためらいとおそれを解きほぐすためのざれごとだということがことばの外にあらわれているのだと受けとりながら、なにやら勇み立ってくる軽やかな調子を注入されたのがふしぎであった。私の心決めが保てたのは辞去のために玄関のたたきに立ったときまでだ。戸をあけて外に出る準備の私を追いかけてきた彼のことばが、ときほぐしてしまう。私が父から印刷費をせびり取って作った七十部の「幼年記」を彼は自分も一冊ほしいと言ったのだった。私は硬直し、読んでいただければ光栄です、と答えたのだ。それが出来上るのを待って、私は彼に一冊を贈りそして軍隊にはいった。軍隊での生活は、それまでとまるきりちがった時間にしばられ、なにかによりすがるのでなければ、からだが保てそうではなかった。彼からの短いたよりが私を誇らかなものにし、彼の新らしい詩集の「春のいそぎ」が、連日の訓練できしる骨と骨のつぎ目になめらかな油を注ぎ入れる役目を果たしてくれた。そのときの彼は私にとって、入隊まえに一度だけSと訪ねたときの彼ではなく、あきらかに「春のいそぎ」の詩人としての彼であったが、しかしその詩についての私の理解は心もとなく、ただくりかえし口ずさむと、ひとつの律動が私のからだに乗りうつってくるように思えた。彼がそれらの詩の中で、何を言いあらわそうとしているかについては、気づくところはなく、その成立の過程に、垣間見た彼の生活のかげを見ることができる詩がいくつか収められていたこと、またすでに評価の定まった詩人からも賞讃を受け、そして私をことばの抽象で刺し貫ぬきつづけた同人雑誌の仲間らが闇夜の灯台のひとつにもなぞらえ渇望していたなどの記憶が、背後に立って、そちらの方に気持を傾けている私がそこに居たと思う。寓意の理解できない私が、詩に訣別を告げた気持に陥り、ことさら自分にそしてひとにも詩のわからなさを口にして来たのに、軍隊生活の時期に何篇かの詩をつい作ってしまったのは、彼の詩の含み持つ律動が快かったことが原因の大きな部分にちがいない。私のそのときの詩は、調子だけは彼のそれにそっくりなのだから。

戦争が終わり、心もからだもむしばまれて家に帰って来た私に待ちもうけていた生活。それはほぼ二年にわたる徒食の日々。つとめ口もさがさず、基礎の学習もせず、雑書に中にふみ迷い、先々の見通しもつかぬまま、なお反省も悔いもなく、しかも妻をめとり、周囲に嫌悪し、部屋にこもって文字を書きつけ、巷をさまよい歩き、あらゆる場所で違和を覚え、そのしわよせを妻に向け、彼女にだけ自分の感情をむきだしにしてあやしまずに居たような日々の累積。しかも私は結婚と同時に病にたおれ、いっそう混迷の中に自分を見失って、妻に献身を強いていたのだった。伊東静雄との再会と、そして間欠的だが度重なる訪問のくりかえしをはじめた時期がそれらの日々にかさなっていたことが命運のように思いかえされる。これまでに書いた彼についての文章は、その背景を消していた。そして世間の中で広がって来た彼の評価に負ぶさって、彼からの印象の抽象を書きとどめたにすぎなかった。それらはそれなりに私の遍歴にひとつの節を作ってきたけれど、あらためて彼の詩と散文と日記の文字のあいだをかいくぐり、自分の当時の生活をかえりみたときに、ひとたび表皮の覆われた過去がゆれうごきその混沌の相もあらわに私に襲いかかって来る思いにとらわれたのであった。その時期にどんな覚めた目を持つこともなく彼に接触していたことを、私は今ようやくあざやかなかたちにしてなぞることができる。当時私は自分の混濁に気づきようがなく、混濁の感覚の中で彼を処理することしかできなかったから、彼が私に示した態度や与えたことばは、教師から叱られた生徒のようにしか受けとれなかった。「あなた（この二人称を彼は好んで使ったが）は文学好きで、芸術はわからないのですよ」ときめつけられれば身も世もなくしおれてしまい、「あなたよりぼくの方が観念的ですね」と言われただけで自分の存在を否定された気持になったのだった。その先の対話は生まれてこずに斬りつけられたまま血をふき出させておくより才覚がめぐらなかった。「あなたには詩がわからず、ディレッタントであることがその基盤」というひと太刀。そのときから二十年たった今になってようやくそのことばの意味があきらかになり、そのことばの網目を私自身に強くおしつけ、そのまえに立ちすくんでしまうのではなく、そのことばの網目を私自身に強くおしつけ、そのまえに立ちすくむが、それは以前のようにしおれてしまうのではなく、からだを通りぬけさせ、のこった痕跡を検証することをえらび、彼が目覚めていて明晰なのに対し私は覚めやらぬ混濁の中だということをしっかり認めることができる。でも二十年まえはそれがさかさまになっていて、術がなかった。彼の領域に構えなく出かけて行っては足払いをかけられ、なぜそうなるのか気づかずにいた。もっとも仮に彼と今出会ってもそれは二十年まえの状態をくりかえすことになりそうだけれど。

戦争の終わったあと、最初に伊東静雄に会ったのは、その年の九月二十二日のこと。Sといっしょに彼の勤務先の住吉中学校をたずね、またSの家にもどり、もうひとりSの友人もまじえ、その夜はSのところでふとんを二つくっつけ四人がいっしょに眠ったのだった。私は襟の階級章をちぎりとった色あせた海軍の三種軍装を着け、のばしかけた頭髪に口ひげをそらずにたくわえていた。なぜそんな気になったたか、待機基地から脱出して佐世保にたどりつき解員手続をとるあいだ、それまでにしたことがなかった口ひげをそのままのこして置いたのだ。そのとき何をはなしたか記憶にのこってはいないが、私はなにやら熱っぽい調子でしきりに伊東静雄にはなしかけていたような余韻をとどめている。予想しなかった敗戦の転換期に彼がどんな考えを持っているかに関心を持ったのだったか。軍隊にはいるまえの訪問のときに受けた印象をどう連続させるか、私の内部に動揺があったはずなのだ。でもその日彼は寡黙に見えた。せっかちな私の問いかけにも答えはなかったと思う。彼はもっぱら若い三人がそれぞれ軍隊体験を声高に話し合うのを横でじっときいているふうでもあった。けれどもまた反対にそうではなく軍人たちへの嫌悪を攻撃の口ぶりで話していたようにも思う。とにかく彼は無精ひげの無造作な恰好でまえよりは若がえって感じられたのだ。かしこまる教え子たちのまえの教師というふうではなく、彼にもまたおなじ年配の復員軍人なかまのように身軽な丸腰の感じがただよっていた。彼をのぞいた私たち三人は、子供の会話のように、おさえていたおしゃべりに興奮し、各自が勝手なひとりがたりをしていたようなものだが、死なずに生きのびて再会できた生のたしかめに酔っていたのかもしれない。国家的な拘束から解きはなたれた奇妙な安らぎとたのしさがただよい、これからはなんでもしたいことがはじめられるという放縦な可能性に満ちていた。自分の国が敗れたというのにこのへんなたのしさはなにだったたか。私たちのはなしの赴くところは、思いきり大胆に文学をやろうということであった。なんという世間知らずな野望。行きつくところは文学同人雑誌を発行するささやかないとなみが私たちの希望であり、その準備として勉強会をつくることが話しあわれたのだ。さしあたり「読書の会」の名前がえらばれたのは、伊東静雄の意見だったように思うが、彼はオブザーバーとしてこの会を見守る位置にとどまった。彼には彼の芸術の構想と見通しがあり、ただその方向への攻撃があるだけなのだ。その会合はほどなく開かれ、彼は病欠し、そのあとも集りがなかったわけではないが、それは結実せずに流れてしまったのだった。私について言えば、敗戦のあとの虚脱が全身に浸蝕しはじめ、戦争中の退廃の潜伏が顕われて来たのだ。そしてひと月に二度か三度の伊東静雄訪問が私を支えだす。それは彼を訪うことによって、はげまされ、そしてことばで刺されるために、であった。でも彼の刺し方に、或る甘美がつきまとっていたことがおかしなことであった。彼は私の青白い顔とひげ、そして肉体的な感じが好きだと言ったが、肉体的な感じはむしろ私が彼に感じたものと言えた。それはあの九州人によく見かける、肉が厚く、多血な、感情の大胆な供給、の容貌を彼もまた伝え受けていると見えたからだ。「伊東静雄はかげで君のことをペットみたいに言うとるで」とFが言ったこともみんな状況の根は同じなのだろう。伊東静雄がかげで私のことをなんと言おうと、私が手がかりにできるのは彼から直接感受しうるものだけだ。おもてとかげで二様のすがたがあらわれるのは一般のこと、彼もそのかたむきから自由ではなく、そのところが私の印象には強く、その左右にゆれうごく意見を両方の耳からきくとその中心あたりで彼の本心があぶりだしのように浮き出て、魅力的であった。もっともかげぐちの方は直接彼の口からきけることではなく、第三者の口を通ってくるからどれだけ正確に伝えられるか心もとない。それを受けとめるのは私の操作にかかわるが、どうしてか人の口を通ってきた彼のかげ口は直接彼の口からきくのとおなじに、ひりひりと快った。シマオの小説はカルピスのようなもの、頭をきちんとわけ、いい洋服を着ているかと思うと靴下にガーターがなかったり、それはそのままシマオの文学のすがた、などということばは、それを伝えてくれた者の体臭まで加わって私の胸に長いあいだとどまった。けれどまたそれと反対の立場になることも私は経験する。彼が私とふたりだけではなすときに、「あのひとはもうだめです」と言い、「このひとは気持が悪い」と言えば、対比して私が、あのひとやこのひとよりはそれほどだめではなく、気持も悪くはない者のようにからだがあたたまってきたのだった。「あなたが傑作を書いたとき、これをあげます」と破れ寺の庫裡に似た北余部の彼の部屋の机の上に二冊だけのこっていた「夏花」を思いきって欲しいと言ったときの彼の返事。「あなたの童話集を出しましょう」。また別のとき、「あなたのは少し読みづらいから気楽にひとつ仕上げなさい。そしてそれをだれそれに送りましょう。あなたは大丈夫ですよ」と私の耳に送りこんだ彼のことば。それに尻込みしはにかみ、でもそのことばにすがりついていたそれらの私の日々。要するに彼は私にとってははなはださわやかな試みであった。私の耳がきいた彼のことばは、かげのことばに裏打ちされなければその甘美はくみとれないが、それにしてもまるまるそれを私がうのみにしていたのではなかった。あのひともこのひとも私よりは古いつきあいのひと。彼におけるかれらの座席をそうたやすく動かせるとも思えない。仮に動かせるかもわからないとしても動かされたあとに坐りこむことにこだわりが生まれてくる。それに彼が私の書くものを、それほど好んでいない確信が私にはあった。それはちょうど彼の詩に対して私が不感であるように。私は彼に近づくのは彼の文学をまともに攻めての結果ではなく、それを迂回して彼のひとがらにひきつけられていたのだった。彼に会うと私は自分の身近や病気のことを語り、彼はそれを吸いとるようにきいてくれた。私のかたり口に熱を帯びると彼は頼りがいなく口をつぐんでしまって手ごたえを与えなかったが、そうでなければ、軽いからかいの目つきで私の陥っている閉ざされた状況、そして本来の欠落、不毛のすがたをつまみ出してくれた。つまり彼は私にとってのサイコセラピストだったのだろうか。

　さて少しあとがえって、彼との通交の上でのひとつの問題についてふれないわけにはいかぬ。それは私を彼とむすびつけてくれたSの存在だ。私は当初から彼とSとのあいだに師弟のむすびつきを感知し、そこのところにふれたくなかった。私は師を求めれば、きっとそきらわれるというかたくなな考えがとりのぞけず、その気配のただよう地帯に深入りしたくないと思ってしまう。だからはじめから伊東静雄とのつきあいは詩をはなれての上で、という気持の処理法があった。もっとも中ごろでいくらかよろけた。はじめは彼と会うときには、まずSの同伴が前提となっていたのに、しだいにSではなくFやMがいっしょのときがつづくようになった。まず、ひとりで会うようになったのは私が結婚をした二十一年の三月のあとさきのころからか。それはその障害を克服することで疲れきっていた私が彼だけにその苦痛を訴えることができたのだから。でも結婚の直後私は病気で半年ばかり寝つき、訪問のこともとだえ、やがて年があけた二十二年の正月に彼からFを紹介された。私は、F通いにかたむき、Fとの同人雑誌発行に没頭して行く現象があった。ちょうどまたSの方でも別のグループに近づいたから、いつとなくSとの疎遠のかたちができていた。ところで、伊東静雄が私にFを紹介したのは、私の就職先をFにさがしてもらうためで、予想通りFの口ききで大阪につとめ口を得た私はFと伊東静雄と彼の年少の弟子のMとで頻繁に会うことになったのだ。その私のつとめ先はおかしなところ。私は充分なつとめができず、一日の仕事の終わるのをやっとの思いで待つだけであった。すると伊東静雄やFやMがやって来て、私たちは心斎橋の界隈をうろつきまわったのだった。また誰かと心斎橋を歩いていると、彼にひょっこり会うことも度々だった。短いあいだだったが、そのとき私は彼に最も近づき、そしてもしかしたら文学の上での密会の性質を帯びはじめたのではないかと思い、よろけたのだった。でもそれは錯覚だったのだ。私にはそのあと歩まなければならぬ道が用意されていて、彼との持続した顕在の交渉がとぎれがちになって行くほかはなかった。ほんのわずかなつかのまほどの接近。彼のそのときのすがたや、世間や人々への姿勢、そして芸術への裁断が、私をつよくとらえてはなさぬものとなった。無精ひげ、乞食帽子、下駄ばきの彼のすがたが私の頭蓋の中を横切って行くようだ。はじめてのときに受けた女性的ななにかがうすれてきて、しなやかな攻撃の姿勢と入れかわっていた。「あなたは人を軽蔑することができない」と言われれば、人を軽蔑する知力がそなわらなければ芸術の世界にふみこむことなどおこがましいと言っているようにきこえ、彼は例の狼の目で人を軽蔑しその中から人の本質を露骨に腑分けして芸術の祭壇に捧げることのできる強靱ななにかの所有者としてあらわれようとしていた。彼と会ったあとはいつも彼がなにかを破壊しようと私をそそのかしているように思え、私はとまどうようであった。芸術への懐疑と不安。血が流れていなければならぬ、とも言った。光と色のことも言った。科学の発達の中での小説の実験のこと。原稿紙十枚ぐらいの散文を百ばかり書きたい。滅びて行くものへの涙、それはなつかしみでなく慟哭の涙。女のひとを見てしか心が動かなくなった。心を動かされるような女のひとに会ってみたい。傲然たる態度。ときにいらだち、「あなたは何をしているときがいちばんたのしいか」などと意地悪くきくときもあった。いい洋服を着ているね、いい靴をはいているね、とからまれて、私が返事につまると

（型の古いお古の仕立てなおしばかりいやいやながら着ていたから）、Fが「叱られたトム・ソーヤ」などとからかっていた。大阪のつとめをやめてから私は、神戸から大阪に出たあと南海電鉄の高野線に乗り、長い時間をかけて彼の北余部の家をひとりで訪ねることがはじまっていた。そのようにして訪ね行っても彼が不在のときにぶつかることも多く、そうすることによって私はなにを求めていたのだったか。また夜道を懐中電灯で照らし、駅までの長い田舎道を送ってもらいながら、彼がやっとつかまえた詩の主題をむちゅうで話してくれた日など、帰りの長い車中を私までほてった頬でさまざまな思いの去来するはずんだ時間を持つこともできた。そう、たぶん彼は若々しくはずんでいたのだった。彼のしなやかなしたたかさを持った思考の魅力が私をとらえてはなさなかったのだ。Sを意識することがそのときうすれていたのは暗示的であった。Sと連れだって伊東静雄を訪ねることにいくらかの苦痛が伴いはじめていた。でもそれは長つづきはしない。二十三年にはいると私の身辺はあわただしくなり、二十四年の中ばごろから彼が病にとらわれ秋になって入院した。それを私はSからきいたのだったか。そしてまたSに伴われて病院に彼を訪ねた。それは北余部よりもっと先の方まで電車に乗って行ったところ、野の中に木造の古びた病棟が立ち並んでいたが、もとは陸軍の兵舎だったときいた。からだの衰弱はかくせなかったが、彼のこころは病者とも思えぬほどはずみ、私たちの存在をすっかり吸収しかねないほどにやわらぎ、そしてまるごと受け容れようとしていた。見舞いに行った私たちがかえって彼にはげまされ、なにやら元気を鼓吹されてもどったのだった。そして私とSはふたたび学生のころのようにかぎりなくかたり合ってあきることのない時間を回復したことに気づいたのだ。なにやらひとつの季節が移りかわって行くときの寂寥の横顔をちらとかいま見た気分に陥って行くのが防げなかったけれど。しかしそれをはっきり見きわめることができたのでない。私はSといっしょに伊東静雄の病床を訪うことがすがすがしいたのしみであったのだから。

私は伊東静雄を病院に何度たずねて行ったか記憶がたしかでない。たった一度だけだったか。或いは何度も行ったのだったか。そこにたずねて行きさえすれば彼はかならず居て（病のあつい患者だから外出するなどありえない）、おかしなことだが彼から元気づけられて帰ってくることのできる、そのような場所のあったことは、私には心の支えであった。彼のことばは、鮮烈な断定がうすれ、かぎりなくやさしくなって行くようであり、それはやはり季節のうつろいを感じさせ、だが外からどう介入することもできないものであった。病巣はしだいに彼のからだをむしばみ、そのまま二十八年の死の方に吸いよせられて行きつつあった。私の方は自分のことでむちゅうになっていて思考の混濁は度合を深め、また二十五年から二十六年にかけてふたたび病床に伏すこともあって、彼とのつながりがたちきれてしまった思いでいた。なぜか遠いことのように、或るいは過ぎ去った日々の突然の回想のように、彼のことが思われるふうであった。年譜を見ると彼の入院は二十四年の十月、死去は二十八年の三月だから、ほぼ三年半もの長い病院生活を送っていたのに、私はSといっしょのたった一度だけの見舞しかしなかったような気がしてならない。私のからだにのこっている余韻がそのようでしかないが、そのあいだ私はなにをしていたのだったか。もっとも二十七年の三月に私は妻子を伴なって東京に移住したが、そのときも彼を病院にたずね新らしい生活への出発について話すことをしなかった気がする。そのあとの東京でのしめった生活の持続。そして東京移住後一年たって彼の死の知らせを受けとったのだ。奇妙ななつかしさが惑乱の私を襲い、三年ものあいだの（実際にはどうであったか、記憶が意識の底にもぐりこんでしまい手がかりがつかめない）、彼の忘棄が取りかえしのつかぬ悔いとなって私を打ちのめした。私は彼との通交を自分でさえぎったのだから、彼の社会にはいる資格はないのだと心をくくったのだった。それはひとつの運命のすがたとも言えそうだ。彼は詩人としてあらわれ、それはしだいにかがやきを増してくるが、私は彼とは詩に於いてかかわったのではなかった。彼は私の結婚式に私のためのただ三人の祝婚者のひとりとして加わり（あとはSと、軍隊生活のときおなじ部隊に居たJなのだが）、そしてそもそもの就職斡旋者として私の生活の中に立ちあらわれてきた。また彼によってFやMとの交遊が生まれ、私は彼から生活者としての戦略を学ぶことに熱心であった。彼がいわば詩壇の中での日常を持たず、地方の一中学教師としての世俗の日常と取りくみ、その中で悲鳴をあげながら、そのことに覚めていて、自分の詩を拒絶の中に据え、弱々しげな挙措で豪毅な思想をかたり、常に精神をはずませ、攻撃の問いかけをとぎらさずにいるすがたが私に教訓的であった。また彼が年下の未熟者らに示すときの目つきに私はとらわれてしまったと言えようか。

そんなに凝視《みつ》めるな　わかい友
自然が与へる暗示は
いかにそれが光耀にみちてゐようとも
凝視《みつ》めるふかい瞳にはつひに悲しみだ（そんなに凝視めるな）

でも彼はその年下の友らに示す拒否の姿勢の底では、持続してその者を考えているあたたかい心をひそませている。それは彼が病にたおれてからは直接にじみでるようになっていて、追憶の中では、彼の重さは入院中の彼のすがたにかかってしまう。私にはそんなふうにあらわれてくる彼。そして彼の詩の方は私にはいっこうにあきらかなすがたをあらわしてはくれぬ。私は彼の詩を何度か読みかえし、ひとつの詩の全体の構えを、ではなく、ちりばめられたことばのひとつびとつを、あとさきから切りはなして強く心にとめてしまうようなことをくりかえした。

――光る繭の陶酔を恵めよ（路上）

するとその陶酔の二字が、その詩から抜け出て私の方に移り住んでしまう。彼の第四詩集「反響」は、四つの区分けが施されているが、そのひとつが「凝視と陶酔」と名づけられているのもあやしいではないか。彼の全詩の中でたった一箇所だけに使われたことばなのに、彼がすっぽりその中に浸って光っているように思え、だが彼自身に陶酔は訪れず、陶酔の外がわから陶酔のかたちの壺を手のひらでさわりこねあげてつくりあげただけだと思えてきたり、いずれにしろ、彼の詩のすべてを陶酔の壺が吸いこんでしまう錯覚まで起きてくる。それは凝視の二字についてもおなじ作用が起こされる。露骨や光耀、夏の終りにしても、それらのことばを私は虚心に使うことはできない。

それは露骨な生活の間を縫ふ
ほそい清らかな銀糸《ぎんし》のやうに
ひと筋私の心を縫ふ（露骨な生活の間を）

どんなに多くの夏の終わりが私のからだを過ぎて行ったことか。彼が何度もくりかえして詩作したそれのように。でも彼が「夏の終り」と題したいくつもの詩の中でつくろうとしたこととはかかわりなく、（「僕は『呂』ではつくりものを書く男とされてゐる様だが」〈談話のかはりに〉）私は私の夏の終わりをえらぶわけだが、それでもなお、私の夏の終わりには、彼の夏の終わりに流れて行く「白い雲」が「おほきく落す静かな翳《かげ》」をまぬがれるわけにはいかない。（「小さな手帖から」の中の「夏の終り」）

また彼はクセニエということばが気に入り、くりかえして使う。その意味が私にはわからないが、それが彼の方法のように私にひびいてくるものがある。

そこでたつた一つの方法が私に残る。それは自分で自分にクセニエを寄することである。
私はそのクセニエの中で、いかにも悠々と振舞ふ。たれかれの私に寄するクセニエに、寛

大にうなづき、愛嬌いい挨拶をかはし、さうすることで、彼らの風上に立つのである。（静かなクセニエ）

伊東静雄について書いた短い四つの文章の中で、私は、くりかえしおなじことしか言えなかったが、それはいくらか長いこの文章においても大筋のところは変わっておらず、かえって短い以前のものの中で、言えるだけのことはすべて言ってしまったかもしれない。「林富士馬氏への返事」の中では、どう言っていいか、あのいやいやをしてひねくれてみせるところが素晴らしく、私はその方法で文学への眼が開いていったように思えてならない、と書き、「伊東さんのこと」の中では、伊東さんからは素手で敵の中で降参しないでいる方法をおそわったような気がする、と書いた。

あゝ！　かうして私は静かなクセニエを書かねばならぬ！（静かなクセニエ）

そのクセニエは、私が受けとってきた彼の姿勢の総体が私に向かってくるときのしんのようなものだ。つまり私は彼から処生法を学んだ。住民生活をしながら詩をかく処生法。詩を、ではなく、その処生法を。住民たちのあいだでは斜のかまえがひとつの武器だ。そして彼はそれにかなう姿態を享受していた。そして拒絶と倨傲も忘れずに。

（行つて　お前のその憂愁の深さのほどに

明るくかし処《こ》を彩れ）と（行つて　お前のその憂愁の深さのほどに）

と書くときのそしてまた、

私に欠けてゐるすべてのものを
盗まれたと、思ひこむのは
これは、私のこの上なく楽しい権利（泥棒市）

と書くときの彼の姿勢が、私によみがえってくる。それは「はにかみ勝な譬喩的精神の表現」（談話のかはりに）なのかもしれず、また「私は家で退屈し切つてゐるが、外に出てそんな人々に故意とさも美しく生れ故郷の風景を、興奮した口調で描写する。そして聞き手の反応にじつと目を据ゑるのは私の反抗の流儀である」（大阪）その流儀の一閃なのかもしれぬ。私はその一閃のところに目を奪われていたのだと言えようか。

誰だって詩を書くといふことははづかしいこと（大阪）

でも彼は詩人の自負を持ち、見通しと断定と遊びを使いわけることができた。

こんな、心の鈍り方を自分では好んでゐるのです。今迄に覚えのない心気の鈍りです。出来るだけ自分だけの心は呆やりすることを――たのしみにしてゐます。（談話のかはりに）

このごろのわが心気の鈍りをおもしろく、豊かなものに感じた。（春駒の記）

彼から処生法を学んだと言っても、それはいわば私の羨望のようなもの。詮ずるところ学び得るものではあるまい。まして詩人の自負には、その裾野のところにさえ近よりたいとは思わなかった。彼は、

私を辛抱強く我慢してくれねばならぬ（大阪）

と書くが、私にその辛抱はなく、私に燃えかかった炎は東京移住のあとさきに弱まり、そして辛抱を失ってしまったように思える。それはどんなに悔んでも悔み了せることではなく、それが私に与えられた彼との通交のかたちであった。ただなお生きのこっている私に、ひとりの「中心に燃え」た詩人の印象は殊のほか強く、これからも折にふれ彼の詩を賽の河原での石積みのようによみかさねることをつづけることだと思う。よみつんではくずれることをくりかえし、そして遂に彼の詩を理解することができぬままに。

私をこんなに意地張らすがよい（四月の風）

昔ばなしの世界

幼いころに私は母方の祖母から昔ばなしをきく機会があった。祖母は東北の人。東北と言っても入口に近いいわば浅い東北とでも言うべき場所、明治以後は磐城と名づけられたかつての陸奥国の一部の相馬地方だ。

都会生まれの私は、幼いときから折りにつけ両親のそばを離れその相馬のいなかの祖母のもとで過ごすことが多かった。小学校に通うようになってからは、夏休みには必ずいなかに帰る習慣が生まれた。

祖母は、私もその中にまざった孫たちを集めて昔ばなしをしてきかせ、孫たちはそれがすこぶるたのしかった。どうしてあんなにたのしかったものか。

祖母の昔ばなしにはいくつかの目録があり、孫たちの好みにはいくらか傾きがあった。バッパサン、ハナシ、カタレ、というのが孫たちの口ぐせで、好きなはなしを繰り返してせびり、祖母にかたらせた。何べん繰り返しても祖母のかたりくちには変化がなく安定して感じられた。

追憶にまずよみがえるのは、囲炉裡の上に仕掛けられた炬燵にはいりながら、祖母を取り巻くように一様にそちらに顔を向けて並んでいる孫たちのすがたである。かれらは背中の方から浸透してくる寒さや、裏の竹藪、暗い納戸部屋のたたずまいのあたりにただよっている何やらおそろしいものの気配を感じて、背中をまるくし、なるべく炬燵に深くはいろうとしていた。孫たちのあの日なたくさい子ども特有のにおいがただよい、それをいとこ同志のおたがいが感じ合いながら、いつもとはちがう親密な気配の中に居ることを覚えていた。かれらのあいだにはそれぞれ好悪の感情の差もできているから、笑い声をたてるにしても、張り合いがあったのである。なるべくならおそろしげなはなしのほうがいいと孫たちは思い、気味の悪いはなし、こわいはなしなどを祖母の目録の中から引っぱり出すのが上手であった。

旅人が真昼間に野原のただ中を歩いていると急に日が暮れ、まっくらになってしまった。一寸先も見えないほどのくらやみだ。これは何としたことだと思ったがどうしようもない。さいわい遠くに灯のもれているのが見え、辿りついてみると、一軒のあばら家であった。案内を乞うと、今人が死んだばかりだという。死体はとっつきの部屋の中に横たえられてあった。お坊さんを呼びに行くので、ちょうどいい、留守番をしていてほしいと言い置いて、家人はくらやみの外に出て行った。うす気味が悪くなった旅人は部屋にあがる気も起きず、あがりかまちに腰をかけていた。死人とふたりだけ、と思ったのに、ぴちゃぴちゃとしめったねばっこい音がきこえてきた。ぎょっとして奥の納戸の方に目をこらすと、なにかうごめくものが居る様子だ。あおーい顔をしたそのうごめくものが、やせたあおーい手を伸ばすと、死人の枕許に置かれただんごをつかんで口もとに持って行き、それをぴちゃぴちゃと食べていたのだった。食べ終わると旅人を見て、けたけたと笑った。そして又あおーい手を伸ばしてだんごをつかみ、口に入れてぴちゃぴちゃ食べながら、じりっじりっと旅人の方ににじり寄って来るのである。旅人は少しずつ後ずさりをはじめていた。と、あおーい顔をした生きものが相変わらずけたけたと笑いながらそのあおーい手を、だんごの方にではなく、旅人目がけて伸ばしてきたではないか——

祖母のはなしが此処のところに来ると、孫たちは背筋のあたりがぞーっとしてきて、女の子などは叫び声をあげて気味悪がった。でも幼いいとこたちはかさねてまたいつもとちがった親しげなおたがいを感ずることができていたのだ。気味が思いけれど、そのはなしはいつも孫たちによってかたりかえされることを要求されたし、私もそれを忘れることができない。

そしてそれはさわやかな結末を持っていた。旅人が気がつくと崖から海に落ちて、空には真昼の太陽が輝いていた、というのだった。

そのとき私はいつも太平洋に臨んだあの相馬の浜辺の断崖の下の海の色を思い浮かべていた。旅人は滑稽でそしてどこか可哀想であった。彼はそのあとどうなったのだろうと思わないわけにはいかなかった。

あのあおーい顔とあおーい手のうごめくものが何であったか、へんになまなましく、いつまでも心に残っていたのだ。

ところで私はいつの頃に最も頻繁に祖母のはなしをきいたのだったろう。

小学校にあがったあとのことだとすれば、炬燵にはいるような時にいなかに行くことはなかったはずだ。まさか夏休みの季節にも炬燵を必要とした夜があったとも思えない。とすると小学校にあがるまえのことか。

しかし私の記憶の手ざわりでは、なんだか自分には小学生ほどの分別がそなわっていたようなのだ。私は床の中での寝つくまえにそれをきいたのだったか。それはもう忘却の彼方に呑みこまれてしまって定かなイメージが思い浮かばない。なんとなく、外には粉雪がちらつくような冬の寒い日に、炬燵にかじりつきながら、幼いいとこたちと肩を寄せ合ってきいたような思いを消すことができない。

祖母をいつまでも生きているひとのように思いながら、彼女の屈託など少しも思いやらず、疲れを訴えても許さずに、はなしをかたらせたのだった。

三人兄弟が九尾の狐を退治に出かけるはなしがあった。長男も次男も化かされて、きかんぼでいくらかは意地も悪い三男だけがその狐を袋の中にとじこめ、地べたにたたきつけて殺してしまうことができた。祖母はその三人兄弟にマツノスケオジとイクタロウオジ、それにトヨキオジをかさねてはなし、孫たちはいかにもありそうなこととして納得できたのだった。

九尾の狐が出たという道は、小川に添った小学校に通う道が目に浮かんでいた。そして両がわにどこまでも田んぼの広がった、あの退屈な長い道のりの途中に出たのだな、と思っていた。それにしても殺した狐の死骸をどんなふうに始末したろうかなどと思うのだった。

川獺の婆かぶりをかぶって難をのがれた美しい娘の住んでいた池、死んで化物になったばあさんが生き残ったじいさんの片耳をもぎとった墓。それらはいずれも、街道のそばの池や鎮守の森を越えて行ったところの墓山とむすびついていた。

村里には車も人もめったに通ることのない白い道が長々と横たわり、その先は寂しい山坂や林の中に曲りこんで未知の場所につながっていた。

祖母のはなしの中の大蛇やむかでや、そして、狐や狸は、にんげんとはなしを交わし、にんげんとかわらないような振る舞いを示していたけれど、それをつくりばなしと思いつつも、祖母のかたりくちからは、なにやらなまなました現実感がわきたってきて、私の脳裡には、いなかの風景の固有の場所がまざまざと焼きつけられてくるのだった。

私は祖母の昔ばなしから一体何を受け取ったのだったか。

硯や筆や紙を結びつけられて漂いついた鷹の死体を見てユリワカが慨歎して発したことばを私は今も忘れることができない。「オナゴハアサポイモノダ」。それを祖母はユリワカの口調をまね、いなかのなまりで言った。

そのほか「ソットトゲ、コゾ」とか、「オキナカニフネハアレドモノレモセズ」、「ジゾウノミミデモトッテイグベー」、「ブシダラバ、ミギノカイナカラキレ」などというはなしのなかの断片的なことばは今も耳についてはなれず、なにか人生の大事なことを解く秘密の鍵のようにも思えてくるのはなぜか。

いくらかは生活の中で立ち止まりがちになるときに、私には祖母のかたってくれた昔ばなしのかたりくちがよみがえってくる。意味のどうにか受け取ることのできることばや、もうどんなはなしだったかは思い出せないのに、ふしぎなひびきをもつ人やものの名まえが、灰色にぬりこめられた心象の中できらりと光って、いきいきした活力をもう一度注入してくれるかのように、浮かびあがってくる。

ショージキショーボーイマキシロとかデッチゴンナイサトウロクやオグリハンガンテルテノヒメという人の名、メンコフハイノタマやババカブリ、キリステゴメン、ヒャクメローソク、などというふしぎなひびきのすることばが、今でも思わぬときにふいと口をついて出ることがあり、すると私の凍りついた世界は、ぽっと豆電灯がともされ、うっすらとあたたか味を帯びて蘇生してくるようなのだ。

それは幼き確かな目への追慕にしかすぎないのだろうか。

或るいはまたそれは私の考えの基底に沈んだものさしででもあるかのように、世間に立ち向かったときの規矩になってきたのだったか。

なお私のイメージの中には祖母の昔ばなしの中のあざやかな場面が、にぶい光りを放って記憶の中に横たわっている。

オーミのミズウミのダイジャがタワラトーザの子どもを生み終わり、三七二十一日の産屋のこもりから赤ん坊を抱いて出て来る朝の、戸のひらかれる閂の音につづいてからんころんとひびきわたっていたあのさわやかな下駄の音。その音には異常な事態を含みながら、きりりとしたおっかさんぶりをあらわした健康な母親の日常の端緒が息づいていた。

左腕を先に切られてイェゴイェゴと笑いながら右腕から先に切れとたしなめて死んだ武士の態度も、絶望的な恐怖を伴いながらも忘れることのできないひとつの事件にちがいなかった。それはこの国に生きる限り払拭することのできないひとつのなにかに思われた。

そしてあのオイセマイリのかたりくちもあった。

恋しくば、たずね来てみよ、十八の国、十五夜お月にぼたもち。

オイセマイリの道中で若い男と若い女があとになり先になりして歩いた。日が暮れればたどりつく宿場も泊る宿場もおなじ。しかしひとことも口をきくわけではなく、翌日はまたあとになり先になりしてオイセサマに急いだ。そしてお参りのすんだ帰りの道中も、ふたりはひとことも口をきかずに来た道をもどり、いよいよ別れるところに来たとき、娘の方がそのふしぎな歌を扇子に書いて男に送り、男の着物の裾を三針縫って別れた。家に帰りついた男は娘のことが忘れられず、歌と着物の裾に封じられた謎をやっとのことでといて、ワカサの国はミハリ町のマンゲツヤのオハギという娘を尋ねあて、夫婦になって仲良く暮らしたという。

私は彼をてっきりソーマの若者と思っているから、ワカサとソーマから出てきたふたりの出会った所はどこらあたりだったのか、なかなか辻つまの合わない気持ちがしながらも、ひとことも口をきかずにあとさきになって歩いた道中の姿があざやかに刻印されたのだった。

それは男女の出会いの理想のかたちのようにも思われ、しかし夫婦になったあとは退屈になって喧嘩はしなかっただろうかなどと思ってもみたが、足で歩く長い長い旅と無言の道連れという主題が、ふと或る治癒の力のような具合いに私の心の中によみがえって来て、このかたりくちはいつも生きていて、折りにふれて私の気持ちを検索してくるのである。

要するに祖母の昔ばなしは、そのときはありふれたことと聞き流して過ぎたのに、思わぬ深いところまで根をおろしていて、それをぬきとることができないことを知らないわけにはいかぬ。もしかしたら私の小説はそれを下敷きにしているのではないか。しかしそれらが私の心の中に息づいているのは、祖母のかたりくちを通してであった。書物で読んだ知識としてではなく、繰り返し耳からきいたものとして、祖母のなまりと声音と共に私の体内にしみこんでいて、体臭のように、時としてふっとにおいをたててくるようなものだ。

さてこのように私が幼い折りに祖母から昔ばなしをきく体験を持ったことはさいわいであったが、私の妻もおなじような体験を持っていたことは興味深いことだ。しかも妻の場合はもっと全身的なもののような気がする。妻の郷里は琉球列島の加計呂麻島。彼女はその母からいつも昔ばなしをきいて育った、というよりそれをきかなければ眠らなかったと言う。南の島の小さな部落は電灯もなく、亜熱帯の景観の中に深々と眠っていて、昔ばなしはそのまま部落の中に生きているのと変わりがなかった。妻は子どもごころに、この石は鬼《ウユ》が歯《ファ》をみがいたところ、あの小川のそばからまた耳瓶《ミンガメ》が出てこないかなどと本気で思いこみ、ものがたりの中の実在を少しも疑わなかった。彼女も書物の中からではなく、それは母のすがた、挙措、物言い、笑い声などと分かちがたく重なり合っていて、はがすことができないのである。

しかし私たちはそれらの昔ばなしを覚えこんで口承するはたらきを欠いてしまった。これはどういうことなのであろうか。ただ祖母や母から受けた深い刻印をなつかしみ、そのときの感受をふたたび再現してもう一度現前させたい願望にかられながら、いたずらにむなしい思いに陥っているほかはないのだろうか。

うしろ向きの戦後

戦争から解き放たれてやがて三十年になろうとしている。或るいはそれは戦争から、と言うよりは軍隊組織から、と言い直した方が私にとっては手ざわりがたしかなようだ。もっと直接的な言い方をすれば徴兵制度からと言うべきかもしれない。

敗戦という不安な状況に投げ入れられての私の感受を率直に言うと、死を免れたという安堵と兵役の束縛がなくなってしまった解放感であった。では私は何のために戦っていたのだろう。ふたつの感受は果たして敗戦直後のものにちがいないのか。もしかしたら三十年に近い歳月の中で修正しているのではないか。国が破れたことに対して私は何を感じていたのだったか。

わが国が無条件降伏をしたとき、私は海軍の特攻隊の中の特攻兵であった。だからもし戦いがなお続けられていたら、私と死のかかわりはそんなに遠くはなかった。もっともあの頃に死を間近に感じなかった人はいなかったろうが、特攻兵の場合はどうしてもその近さに異常さがつきまとっていた。誰にとっても死は近かったが、特攻兵でない者にとってはそこに猶予が厳然と存在していた。しかし特攻兵には目のまえに死の決定が立ちふさがっていたのだ。もちろん全く猶予がないのではないが、決定を破ることはできぬまま、そこのところになにか人工的な残酷が居坐っていた。たとえば同じく危険な環境の部隊に属していたにしても、特攻兵と非特攻兵は全くちがった次元に住んでいて、そのあいだをつなぐかけ橋を見つけることはできなかった。その断絶を飛び越えて特攻兵が普通のにんげんに戻れるのは、どんな意味ででも戦争の終結のほかにはなかったように思う。更に私にはその状態を志願したという或る約束の拘束から自由にはなれなかった。

そのように私にとって敗戦は圧倒的に特攻身分の約束の解除としてうつったのだった。秩序の崩壊が自由の顔つきをして近づいて来た。その時点ではなお多くの危険を乗り越えなければならなかったとしても、これからは思いきり自分の力がためされると思い、身分にうずうずする躍動が感じられた。それまで死のわくの中でだけ残余の生を如何に処理するかにつとめてきた私のまえに、無期延期となった死が色あせ、かかえきれぬほどの生が投げ出されたわけだ。何かに強いられるのではなく、自分のやり方でやって行けそうだという感受の中で、不自然なほどの希望が湧いていた。世間の習慣に合わせることが摩擦を少なくする方法だと思いこむあきらめに似た考え方はむしろ世間への不適合の恐れにさえなっていたが、国の破れという現実がその習慣をも破壊したかもしれぬと考えることで、むしろ希望が見えてきたのだった。破壊の対象となるものの中には、私の期待では世間一般の発想や挙措まで含まれていたが、ごく具体的な例をひとつ挙げるなら、徴兵制が空中分解したことの安堵と言えるだろう。しかし根底のことは習慣的な発想に対する恐れがなくなったと錯覚したことのようだ。徴兵制のことをまず思い浮かべたのは、その制度が物心ついて以来私の気持ちにわだかまっていたからで、それをどう通り過ぎて行くかということが私の課題であった。小学生の年配の頃の私にとって、兵隊検査の結果の軍隊生活の中で、自分の正体が暴露されるという恐怖を除くことは容易ではなかった。その底には暴力に対処する姿勢にかかわる領域が含まれ、私はそこから自由でありたいのに、もっとも囚われがひどく、それに拘泥することからのがれられぬ事実に腐心していたのだ。抵抗するのではなく、乗り越えてしまいたいと考えたのだが、結果はいっそうその中に引っぱりこまれて見通しのきかぬ場所にはいりこんでしまうことになった。

つまるところ、たとえ敗戦という秩序の崩壊に襲われても、流されずに残るものは、暴力に対処する姿勢というなやましい問題、臆病な何かにかかわる各自の性格の問題なのかもしれず、なお分解すれば、感受性の多寡のそれに帰着しそうなことであった。いずれにしろあの敗戦のあとで私が実感したことは、国は破れてもなお山河は残っているという当然なことへの鮮やかなおどろきであった。だから敗戦直後の国の中で私が目にしたことはむしろ期待はずれでさえあった。原子爆弾の効果はもっと徹底したもの、原子の破壊による物質の完全な解体、つまり山のかたちも灰のようにくずれて無くなってしまうものと考えていた。しかし復員のために逆上陸してきた日本本土の土地のどの部分もそのような状態を示してはいなかったし、原子爆弾で破壊され尽した都市でさえも、自然が溶けて消失してしまったのではなく、むしろその本来の姿を回復したかの如く見えた。あのときは到るところで自然が生き生きと復活していた。戦争による破壊はつまり自然の回復への絶対者の力添え（！）にちがいあるまいとさえ思えた。兵役の義務は微塵にくだけ、私を束縛するものは何もなく、いわば私は自然の中にほうり出され、すべての約束ごとから自由になれたと思った。なぜか私はそのことばかりが強く受けとられたが、そのことに反比例して破壊の度合いが不徹底だと感じたのだった。どこに戦争の痕跡が残ったと言えたろう。みんなもとの通り、ほんの表面のかすり傷だけではないか。おそらく自分ひとりが生き残ったと考えたがったこともひどい見当はずれであった。家族でさえひとりを除いてみんな生きていたし、友人たちも大方は戦場から生還した。私は少なくとも日本人の半分は死んでしまったと思っていたのに。

私の戦後の出発はそのようにしてなしくずしにやって来たといっていいだろう。なにがまえの時代と変わったのか、今になってみるとよくわからない。しかしあのときは世の中がすっかり変わったから何でもやれそうな気分になっていた。ただ結果として何もやれずに日が移った。琉球列島の加計呂麻島で現地除隊をするつもりでいた私は、部隊の解員手続きをすませなければならなくなって武装解除がおこなわれないうちに島を脱出した。結婚のあと九州の炭坑にはいるつもりの時に教職の仕事がわに就いた。それはその後の私の生活のわかれ目となった。もっともその時々の私はまるで見通しがきかなかった。どうしてそんなにまわりが見えなかったろう。私には時おり世間の情報から全く遮断された生活がやってくる。特攻隊に居たときがそうだったし、妻といっしょに精神病院で暮らしたあとさきがまたその時期にあたっていた。それらのときに私は自分の閉ざされた世界に直面しているだけで、外の世間とのつながりは切れていたが、いずれその時期が通過すると、周囲の情報がなだれこんできて、私は自分が歴史年表の中に或る空白を持っていることに気づくのであった。だがまたそれはちょっとへんな具合いにあとさきのつながっていることもわかっている。空白の中での出来事もその内容を知らぬままに早合点するところがあって、私は既成の定着した歴史事実と思っているのだった。たしかに私の了解の外で展開されたのにちがいないのに、そのとき私も生きていたというだけで私の体験と一種の共鳴を起こしているのだった。そのことは、将来起こり得る事件についてまでそのおかしな共鳴を及ぼしはじめる。それは未知の事件でさえ既に起きてしまった歴史的事件のように思われてくることであった。いわば私は常に既に起きてしまった歴史的事件の中にはさまっているということになるのだ。いわゆる敗戦の時から三十年近い歳月が経過し、それはほんの短い歳月だとも言えるけれど、またふとそれがいかにも長い歴史のひと区切りにうつってくるときもある。にんげんの歴史はそれほど長くはなく、その短い歴史の中での三十年という期間は、ひとつの時代区分を形づくることができるほども重く長いとも言えるのである。つまり私はひとつの時代区分の中でとにかく生きてきたのだった。今そんなに歴史が手近につかみとれそうな気分があるのに、さてふりかえってその三十年の中に自分の位置を見ようとすると、かたちがくずれてつかまえどころがなくなってしまうのは、私の根っこのところに原因があるからにちがいない。

昭和二十年の八月十五日に私は特攻兵として加計呂麻島に居た。九月に復員して当時神戸に居た父のもとに帰った。二十一年の三月、島で知り合った女性と結婚したが、加計呂麻島が所属する奄美群島は日本の行政から分離された。私は神戸市外国語大学に勤めるかたわら小説を書いた。やがて定職をはなれ東京に出て三年を暮らした。妻を心因性反応の症候に追いつめたあと東京を出て奄美大島の名瀬に移り住んだのは三十年の秋のことだが、そこは妻の故郷の加計呂麻島に隣接した島嶼で、いずれも日本に行政復帰した直後であった。その後図書館に勤務しながら現在に至っているのが私の戦後の生活のあらましである。そのあいだ東京には三年のあとさき、神戸には七年足らず、奄美大島ではやがて十九年を送ったことになる。つまり三十年近いそのほとんどを東京をはなれて暮らして来た。

時おり世間の情報から遮断された生活を体験したこととかさなるようにして私は東京の沸騰の状況を遮断して生活して来た。そのことはたぶん私の戦後の歴史とのかかわり方にあるかたむきを与えることになろう。東京での出来事を私は既に歴史書に書きこまれてしまった事件のように読みとってきたところがある。そして時にあとさきのつながりを見失い、しかしそれでも別に私の生活のまわりにどんな影響も与えられることなく、日がかさねられ、やげて徐々に東京の沸騰の余波が及んでくるのである。余波を感ずるに及んで、東京とのつながりを思い知らされるが、そのあいだに時差の横たわっていることによって、緊迫性はうすめられ、すでに歴史上の事件を眺めるときのような対応が許され、それは地方が地方である証拠ともなり得る。時差の横たわるそのあいだだけ、いわば地方がその個性をにおい立たせることが出来る猶予の期間だから、それを積極的に評価して基点とするなら、過去の日本の歴史を照射しなおす足がかりをつかむことも可能だなどと思って来た。

地方生活の長期間の体験者にとって、現実の沸騰はいつでもあとから追っかけて来るから、歴史の断層をうしろ向きになりながら見ることが出来るわけだ。しかし未来に向かって飛び出す姿勢ではないから、飛び出す瞬間の空しさを敏感に感じとってしまうことにもなる。まず現在の私のおどろきは、戦後三十年近くも生きてきたということだ。その三分の二近い期間をしかも戦争中に戦闘姿勢で待機した島嶼の周辺で生活してきた。そのことはほかのどこで生活したにしたところで変わったことではないのだけれど、一度復員して神戸と東京での生活に失敗した私は、ふたたび未復員の場所にもどってそこを脱け出さない状況をこしらえてきた側面のあることにも気づかないわけにはいかない。私はまだ復員していないと、ふとそんなふうに思うこともある。するとこの三十年近い歳月の意味がわかってくるような気もするが、それもそんな気がするだけのことかもしれない。過ぎた歳月はどうしようもなく、それをひとつの歴史として見かえることには或るたのしさ若しくは快さがあるが、さて自分が歴史の中に埋没して行く過程のことを考えると、言い知れぬ空しさに襲われてくることからのがれられない。だから仮に百年ののちにこの三十年をかえりみることが出来たらなどと夢想することによって自分を解放してみるわけだ。

ここまで書いてきて私の考えははたとそのはたらきを閉じた。まるで入れたコインの持ち時間が切れて機械の作動が停止してしまったように。戦後史の中に自分を投げこんでみたときの考えはこれだけのことだったか。それにまちがいはないが、書き終えたあとに言い知れぬにがさの残ることが防げない。まずなによりもほんとうにそのようであったかどうかという頼りなさが私を不安に押しやる。戦争中黙って海軍予備学生を志願し特攻兵を志願した私は、八月十五日のあの日、ただむくむくとつき上げて来た生の躍動に驚いただけだったのか。その後の日本の世間のみにくさにたじろぐことはなかったか。もっと徹底した破壊を、などと本気で思っていたのか。ひとつのことを書き閉じると、書きしるしたことばのあいだをどうしても冷たいすきま風が吹きぬけている気分に陥ってくる。不自然なほどに希望の湧いたそれらの日々に私の行為は計画のないまま崩れていて、暗澹となっていたのはなぜだったか。死の歯車にしっかり嚙みつかれていた軌道から、突然はずされ放り出された私が、近づきつつあった死の足音の遠のく安堵に気がゆるんだまままもとにもどらず三十年が過ぎてしまったことなのか。しかしうしろ向きの姿勢でその三十年をふりかえると、自分が歴史の中にすき徹って見えてきておかしな気分になってくる。今にしか私は居ないのに。

想像力を阻むもの

想像力はどこから出るかを考えてみる。しかし想像力、と裸のままで言う習慣に不馴れだから、出だしを容易にするために、想像力という概念単語のまえに、自分のあるいは私の、という限定の言葉をつけ加えて踏み出すことにしよう。

自分の想像力ということになれば、その貧困に私は常に悩まされつづけてきた、という思いがまず浮かぶ。つまり自分の想像力の貧困を自覚しているのだが、もしその自覚の根を究明すれば、貧困を招来するところの想像力を阻むものが潜んでいることにようやく気づくことになる。

今まで私は自分の想像力が貧しいことを託ってはきたが、その原因をさぐってみることは考えなかった。貧困は自分の貧困としてどうにもならぬことのように思ってきた。

つまるところその原因は私の気質あるいは体質であるかもしれぬ。否たぶん気質、体質のせいで、想像力一般についての筆を進めることにためらい、自分のなどという限定を必要としたり、また想像力を阻むものを考えるにしても、内にまくれこんで行くことに傾くのかもしれない。しかしその方法でさぐるより仕方あるまい。

気質と体質は私に固有なもののあらわれ方の違いであるに過ぎず、根の存するところの状態はたぶん一つに相違ない。そしてそれは自分で選び変えるなど容易ではないという考えが私には根強くあるが、結論として私の想像力はこの二つに深くからみつかれていて、これらはあるときは想像力を鼓舞してくれても、また別のときには逆にそれを阻む原因ともなっているのである。

一体私の想像力がどこから来るのか。それを病巣をつきとめるようにつかみ出して見せることはできないが、それが心のはたらきの一つであることはまちがってはいまい。

つまり想像力は心から出てくるが、ではその心が何であるかということになると、私ははたと行き暮れてしまう。つかまえようと試みても逃げてとらえることのできぬもの、生きている限りはそれがあるらしいということは疑えないが、肉体をいくら精密に腑分けしてもそれとつきとめることはできず、また肉体の中のどこでどうはたらいているかはわからないが、そんなものは無いと断言することもできない、そのようなものとしてしか私は言い表わせないし、私にはそう写っているのだ。あるいは胸の部分のどこかに根拠地を持っているのかもしれないが、頭脳の方にも切り離せぬかかわりが有りそうだし、そのほかの肉体のあらゆる部分にも、それはその痕跡を示すことがあるという現象も認めたいと思う。要するに肉体のどこを心が根拠地としているかは遂に知ることはできない。そのように、はっきりこれとつかまえることはできないが、われわれは心に明らかに支配されていることから免れられない。全くにんげんは心によって支えられていると言うしかあるまい。

しかし問題は、心はいつも正常のはたらきをしてくれるとは限らず、時には均衡を失ったはたらきを示すことが防ぎきれないという痛みを持っていることだ。

そもそも均衡を失う境界のところはなんと不確かな荒涼たる地帯だろう。低湿地帯の如くそこはかくされているが、うかと近づくと足をとられてはまりこんでしまう。道路は明確にそこを避けて通っているわけではなく、もともとあやしげであるから、あらかじめそこを避けて通ることはまず以て期待し難い。

さて一旦心の均衡が失われてしまえば、そのはたらきはにぶく淀みはじめ、すべての生の色を褪せさせる。

先に想定した如く想像力が心のはたらきの一つとしてあらわれるのであれば、心が均衡を失ってそのはたらきをにぶらせれば当然想像力もそのはたらきが妨げられることは明白である。想像力はつまり私の文学の起動力であるから、そのはたらきがつまずけば、私の文学の単位のイメージは、その生成を止めるか、少なくともにぶく冴えないものにされてしまうのである。

右のことは想像力が宿命的に自らのはたらきの中に胚胎させている阻害の根源である。即ち心のはたらきの失速に影響されるという事態だ。従って私の想像力はいつも心の失速の不安にさらされていると言わなければならぬ。そしてその不安は甚だ根強いから、完全に克服することは至難事である。

但しある場合には全くその不安に巻きこまれることなしに、あるいは多少巻きこまれてもそれを意識することなしに過ぎ去る場合も少なくないことに注意しなければならぬ。場合というより人といった方がより具体的かもしれぬ。その人は、おそらくこの根源的な何かに気づかないのだから、それは彼の想像力を阻んでいることにはならない。このことはその人にとって甚しく幸福な状態と言っていいだろう。（もっともそれが真に幸福な状態であるためにはもう一つ別な条件が作用しなければなるまい。その作用を受けることがなければ、むしろ不幸な状態を結果する危険にさらされている。）之に反して、不幸な、と言わないまでもより面倒な状態は、その根源の不安に気づき過ぎている場合だ。

想像力の発動に際して（勿論想像力がある時刻を画して動き出すなどということは、たとえての事に過ぎないが）、心の状態にふと行き違いが混入すると、事態は拾収のつかぬ世界離れに傾き、のめりこんで行く。心にはかたちはないが、二枚の羽根の微妙な組み合わせだと考えてみると、その二枚はどんな微細なずれも起こすことなくうまくぴたりと重なり合っていなければなるまい。しかしそれがどうしたはずみか目に見えぬほどのずれでも生ずると、心のはたらきは狂いはじめる。くるっと引っくりかえって出口も入り口もわからなくなってしまう。そのとき想像力も随伴しておそろしくそのはたらきをにぶらせてしまう。イメージは枯死して鬱ぎの一色の跳梁にまかせるほかはない。それはどんなわずかな二枚の羽根の重なり部分のずれからも生ずることだから、私がそれをあらかじめ調整して防ぐなどできるわざではない。私にできることは、何かのはずみで再びそのずれの原因の消え去る時機の訪れを待つだけのはなしだ。

しかし何が原因となってそのずれが生ずるのか。おそらくそれはにんげんの間に於いて基本的に存在する差異のせいだ。その差異が気質や体質の差異をあらわにして行くのだろう。気質や体質の差異のすべてがその基本的な差異の故とは言えぬが、その大きな部分はそれが原因でそうなって行く。気質や体質の中で、たとえば感じ易さ、などは万人に一様に与えられているものではない。その感じ易さが二枚の羽根の合わさり目のところを刺激してずれを生じさせるにちがいないと思う。感じ易さをより多く持っている者が、鬱ぎの単色のつまらなさの中に落ち込んで行き、想像力を失う。つまり想像力のはたらきそれ自身の中に、それを害う芽をひそませているわけだ。感じ易さを刺激する心的な外因は、選び知ることのできぬほど宇宙には充満浮遊しているのだから、それをつと取りつけて旺盛な感じ易さを増殖するのは、運命的に与えられた気質、体質の差異だというところに立ちもどってくる。

しかし心のはたらきの一つのあらわれである想像力が、いくら単独で活発にはたらいても（もっとも実際には切り離すことができぬ総体のはたらきとしてあらわれるほかはないが）、文学とのかかわりは出てこないだろう。

想像力を問題にするのは、言うまでもなく文学とのかかわりに於いてのことだから、そのかかわりを生ずる結び目のところをよく点検しなければならぬことは言うまでもない。

そしてそこに私に見えてくるのがイメージなのである。想像力が無数の粘着触手となって時間と空間の中に差し出されると、それに付着してくるところの心象がイメージにほかならないと思っているが、それは既に私の気質や体質に限定されて、ある個性的なかたちが与えられることを準備している。私に残されている仕事は、そのような言葉を選び取捨し結び合わせて、そのイメージを文体化するかということだ。

イメージはたぶん知覚と記憶のあざなわれから生まれるが、そこで知覚の発動の際にも感じ易さの問題がひそんでいることを見張らなければならない。感じ易さは必ずしも正当にのみ作用しないことは前に述べた通りだが、想像力自身の中にだけでなく、文学に変身するときの媒体（イメージ）の中にも負の作用としての感じ易さが待ち伏せしていることを指摘しておこう。

ところで想像力がイメージを採集してくる狩猟場はどこだろう。それはやはり究極の場所として私の経験に立ち帰らなければならない。経験は私にとって生きるための食物のようなものだ。経験のほかに何を食べているか考えられないほどだ。それは刻々に過去となって行くが、未だかたちを成さぬ何かが徐々に経験に化して行く過程は、いわばグロテスクな沸騰の情景と言わなければなるまい。そしてそれは時として未来を先取りすることもあり、経験は過去か現在か未来か判別のできぬ混沌でさえある。もっとも過去に組み入れられた経験が圧倒的に多いことは言うまでもないが、過去の経験とても、過去だからと言って化石化しているわけではないから、どのように働き出すかわからないと思わなければならない。いつも現在と、そして未来の方にまでまぎれこもうとする油断ならぬはたらきを持っているのが過去というものの正体のはずだ。

経験をもう少し分けて考えてみると、現《うつつ》のそれと夢のそれだと言えそうだ。

目を覚ましている状態の現の経験と言っても、そのすべてを私がコントロールできるものではない。逆にコントロールできる経験などほんの微妙なものに過ぎない、とも言える。意識の底に沈んでしまった経験もあるわけだし、記憶から逸脱して行った経験もあろう。幼時のときの経験などそのほとんどを覚えてはいないが、それらはみな私というものから消え去ってしまったものなのだろうか。そう思い切るには疑わしさが残る。現在自分がコントロールできないからその経験は私の経験ではない、と言い切ることは私にはできない。

経験はどんな経験であっても何らかのかたちで復活しないことがあろうか。私は経験の中からつむぎ出した糸をいろいろな組み合わせ方で織物に織りなしながらにんげんの生を終えるような気がする。材料の糸は、あるいははっきりとあらわれ、あるいはどこに行ったか見えなくなってしまうことがある。しかし私が未来を抱えていることによって、自分では意識せずとも何かにあやつられるような織り方をしていると思わなければならない。

あるとき過去の経験の一本の糸をはっきりそれと認め、自分の織っているものが何であるかが見えてくることがある。経験の糸はそのようにしていつそのすがたをあきらかにするかわからないから、私はいつも経験を手もとに引きよせ重ねてつむぎ直すことをくり返さねばならない。経験はどこまでもずっと以前の過去の方にその痕跡を残しているし、それはまた未来のどの方向に向かっているのか私には見当のつけようはない。二つ以上の経験を対比してそれと覚ったときに明晰な意味があらわれてくる。

これは大方現の経験について考えたのだが、しかし既に中ばは夢のそれに及んでいるとも言えるだろう。コントロールのできない経験というのは、もうほとんど夢の中の経験と変わらないからだ。ここで夢というのは、文字通りの夢であって、眠っているときに見るあの不可解な世界のことである。その不可解な世界で、私は夢を見て、多くの経験をするが、一般にはそれと現の経験とを同じ目で見ることに躊躇させられるものを感じてきた。しかし私はそのような区別をする必要を感じてはいない。不可解なと書いたがよく眺めると、不可解であることなど何も無いように思う。一見不可解に見えるのは、夢の経験の中で採集したイメージが、現の経験の中のそれと、やや秩序を異にするということだけだ。

現の秩序は厳格な選択と緊張にほかならないが、夢の中の選択と緊張は甚だしくその秩序がゆるやかである。従って夢の中では同時にいくつもの選択が可能であるし、緊張の弛緩があるために、空間と時間に対して自由でいられる。たぶん夢の中では、感じ易さという要素は問題にならない。気質や体質のことも、全く問題にならないとまでは言い切れないが、負の感じ易さと結びつけて神経質に考えなくてもいい程度に、透明な寒冷度を持たされている。

夢の経験の中での想像力の発動には、従って負の感じ易さに胚胎する阻害は甚だ少ない作用しか起こさない、と言ってもいいだろう。もっともいくら夢の経験と言えども、個性の限界を脱け出すことができないから（その証拠には、それぞれの人の夢の経験が如何に荒唐無稽に見えようとも、よく点検すれば、思いの外に限られた個性的なものであることに驚くわけだが）、全く気質、体質から自由でいるわけにはいかないのであるが。

経験であることに於いては、現であろうと夢であろうと、変わることはないように思える。たとえば長年月を経た経験の記憶に、現か夢かの区別はつけ難く、また幼児に夢を区別させることも容易ではない。しかしいずれの経験であるにかかわらず、私にとってはすべて過去の糸をつむぎ出す繭である。

このようにして、現と夢の秩序の違いは、不完全な私の経験に辛うじて許された自由だと言えよう。現と夢の経験をお互いに平行させることはできないが、あざなわせることによって私の経験はふくらみを持ち、充足的な総体のものに近づく。一が他を補って、私の経験、つまりは私の現実がそこに打ち立てられていることを認めることができる。

現と夢の経験は、過去を充満させているが、過去を食べて生きている想像力は両者の経験を区別することをしない。想像力のはたらく場所では、現も夢も区別のつかない世界だ。要するにその二つの場所での経験の繭から過去をつかみ出して営養とする。

過去は先にもちょっと触れたけれど、現在とも未来ともその境界を固定させてとらえることのできない流動の性格を持っている。そしてその全体をいつもあらわにしているとは考えられず、その大部分をどこかわからぬ次元にかくしているが、いつまた復活してそのすがたをあらわすかははかりしれない。

私にできることは、とにかく手がかりのつかめるあらゆる機会をとらえて過去を引きつけて置くことだ。そして過去を解体し、分類し、索引をつけ、比較し、洗い直して、現在との距離をできるだけ縮めることだ。そうなるともう過去という言いあらわし方では適当でないかもしれないが、その作業の手助けになるのは夢の中の経験である。その経験は既に過去ではあるが、その構造の中に時間を超越した解放の存在することが参考的である。過去をできるだけふくらませ、想像力をその中で自在にはたらかせることができれば、私の採集してくるイメージはその量と質とを輝かしいものにするだろう。

しかし経験は、現と夢とのどちらの場合でも、ある限界を越えることができない、ということを確認しなければならない。それは環境と個性による阻害である。環境はいわば外界の条件だから、私が生きた歴史的な時期や民族や国家、そして家族などのそれぞれの状態からいろいろなかたちの制約を強いてくることはまちがいがない。それらはたぶん想像力を萎縮させるにちがいないが、ここで私はそれらの条件を進んで考えることをしなかった。

私が今囚われているのは個性による阻害の方にだからだ。私は自分の性格からどれだけ自由でいられるか、という悩ましい問題に取りつかれて久しい。勿論性格が環境と無関係だなどと考えているわけではないが、現実に私の性格が一種の檻であることを否定することはできない。そこから脱け出すことが甚だしく困難であるとすれば、それと戦わないわけにはいかない。戦う、と言ってもどんなふうに戦うかがわかっているわけではないが、性格の枠の中で圧しひしがれていることは苦痛である。たぶん想像力をはたらかせようとするときに、そこに性格の枠がその存在を主張しはじめる。想像力が過去という営養を充分に食べ、イメージを求めて飛翔しようとすると、性格が壁となって立ちふさがっているのが見えてくる。

想像力の発動の根のところに、負にはたらくところの感じ易さがひそんでいることなど先に書いたが、さて狩猟場である経験それ自体が、現であると夢であるとを問わず、性格の壁でさえぎられているのである。だからその限定された狩猟場で採集してくるイメージが既に性格の傾きの色で塗りこめられていることは言うを待たないだろう。そのようにして作り出された私の文学作品は、どうしようもないほど性格に阻まれたにおいをたてるものとしてあらわれないわけにはいかない。

以上性格の中から気質の問題を引き出し、その表裏の関係で体質のそれとも組み合わせて考えの手がかりにし、想像力が歩き出すためにはまず最も手近なところ、そして最初につまずかなければならぬところに、それらは横たわっていることを見てきた。

　そして性格の中の、たぶん一番手がかりのつきやすいものが気質であり、それはまた体質を親密な気配で引きずっているように見えるから、そのつまずきの石を押しのけるのでなければ、私は爽やかなきもちで想像力の自在を語ることはできない。そして気質、体質は、克服や脱出が困難なものとして私をとじこめている。

　もっともその気質、体質の故にこそ私の存在は他と区別され、限界の中でのはたらきを果たしてはいるが、私の自由はそれのせいで甚だしく阻害されているのである。このことは想像力などという問題をはるかに越えて、私の存在の切実な関心事である。如何にして気質、体質を乗り越え、多くの可能性を遂行することができるかということは、私の存在にとって賭けと言わなければなるまい。

　そういう全体的な重さの中で、私の想像力は自分の気質、体質の枠を、あって無きが如きものにする戦いを日々いどんでいると言えよう。それは充全には効果を収めることのできない戦いであるが、その戦いがなければ、想像力を鍛えることができず、表現の戦場からしりぞかなければならぬ。それは即ち現世的な存在の停止であるが、表現はなおその表現者の主体を離れて生きのびる可能性を持っている。一方私の気質、体質は全く空無に帰するわけだから、別の角度から考察すれば、なぜ私がそれほど気質、体質にこだわっているのかわからなくなってくる面も無いではない。しかもなお、気質、体質から脱れられぬと考える心のはたらきを、はっきり見つめなければならぬ。

　もう少し具体的な例を挙げて考えよう。私が当面、悩ましい気質、体質と思い、なお且つそのために著しく心のはたらきを阻害されていると感じているのは、怯え、の気質、体質である。怯えという心のはたらきのために、私の想像力が萎縮を来たしていることは明白である。果たして怯えを気質、体質だけにその責任を負わせることは考え過ぎだけれど、それとからみ合って離れにくい状態になっていることは確かである。

怯えは言うまでもなく、継起する事象に恐れおののく心のはたらき、殊に小さな事への恐れに敏感であることの顕著なそれである。つまり臆する心にほかならず、その根をたぐって行けば、気質、体質から生ずる感じ易さに行きつくように思う。感じ易い気質は体質にもその反応を呼び起こし、それによって生じた体質的症状が、更に気質的な感じを増殖し、からみ合って際限のない泥沼に埋没する。

怯え、もしくは臆する心は、怯えないこと、勇敢なことと向かい合うのではなく、怯えをごまかすことと対峙する。怯えをごまかすことが（ごまかすという言葉が好ましくなければ、克服すると言いかえてもいいが）、勇敢の方につながりあらわれてくる。それは一つの積極的な態度でもあり、広い有効性を持つが、強さを装うという反面の危険を内包している。この強さを装う心のはたらきが、果てしのないにんげんの業をくり返し生じ重ねることに、道を開くように思えて仕方がない。

気質的に怯えを転化することのできぬ者は、怯えに怯えなければなるまい。彼を解放するのは、怯えをいなすのではなく、怯えに忠実であることにしか求められそうもない。怯えを去らずに見つめること、ふるえながらでもその場を逃げ出さない態度が、怯えの劣等感を捨てさせ、怯えからの解放が達せられたと錯覚することが可能だ。その根っこは感じ易さだから、感じ易さを我慢して逃げ出さないことが感じ易さをにぶらせることにつながるだろう。

ところで感じ易さには負の面ばかりがあるわけではない。感じ易いことによって、より多くのイメージを吸収し採取することができるからだ。ある角度からは、感じ易さこそ想像力の刺激要素であると見えるだろう。文学を創造する者にとって、感じ易さはその資格の第一条件と考えられなくもない。しかし感じ易さは、両刃の剣であるから、その微妙な作用のくい違いによって、負にはたらく道に落下して行く。それを制止するためには、感じ易さのはたらきのどこかに剛毅を作動させなければならぬ。剛毅が作動しなければ、イメージは群らがり集まっても、眼前で肥大し、イメージの群れの向こうが見えなくなる。それらのイメージによって構成された文学は、窓を閉ざされたひ弱な力しか持ち得ないはずだ。感じ易さが負にはたらくと、想像力は萎縮を来たすし、その結果事象の本質を見通すことができなくなるのである。

想像力を阻むものの正体を見究めようとすれば、外からのそれも明らかにしなければならぬことは言うまでもないが、以上考えてきたように、自分自身が持つ内に潜む原因が幾重にもからみ合って想像力を阻もうと待機している事態に敏感であるため、当面の処方としてまずこのようなことを言っておくほかはない。

「つげ義春とぼく」書評

つげ義春の絵を何といったらいいか。

劇画ともうまくかさなり合わないし、漫画といってみてもはみ出してしまう。

私はつげ義春の絵、だと思っているが、あるいは彼自身も書いているように、マンガというのがいいかもしれない。

私はつげ義春のマンガが好きだ。ほとんど間然するところがないくらいに好きだ。ただ好きであるだけでなく、彼のマンガを見ていると大きななぐさめとはげましが得られる。はげましは更に教訓、戒めといってもいい。

当初私は「ねじ式」や「紅い花」「もっきり屋の少女」を見て驚歎した。

ところが最近の「夢の散歩」あたりから、少し作風が変わったように思っている。

どきりとさせられる生々しさが加わったと同時に、通俗さが大胆に押し出されてきた。私はそれを彼の目の深まりと感じて喜んでいるのだが。

私がつげ義春のマンガに驚歎するのは、鬱と躁のバランスの実によくとれた混和にある。そして単純にして正確な描写。彼は鬱の中に後退する如くして、見るものはすっかり見ている。それを単純な絵の中に定着し、しかも対象の個性をはっきり浮き出させ、躁の世界をも見逃さずに照射している。

彼のマンガに教訓あるいは戒めを受け取ると書いたのは、彼の手法の中にゆるぎないエゴの肯定を認めるからだ。

それこそどきりとさせられるほど、取りつくしまもないまでに不動なものだ。

その拠点から彼は混沌たる世界に挑戦し、切り取ったかたちを単純明快なマンガの枠の中に陰影濃く定着させる。

つげ義春は口かずが少なく、自分のことについては殆ど説明を避けているようでいささか物寂しかったが、今度の「つげ義春とぼく」には、絵・マンガのほかに回想や旅日記、夢日記それにマンガ作法等散文の数々が収録されているから、愛読者にとっては思わぬ絶好の贈り物となった。

通読してまず感じたことは、彼の散文の文章は当然のことながら彼のマンガの絵と密接にかかわり合い、彼のマンガを見るのと全く変わりなかったということである。

彼が選び取ったどの言葉にも、彼が画くであろうマンガの線（表現）が喚起され、マンガと散文との区別がつかなかった。

これはどうしても一個個性あるいはスタイルにほかならない。

この書物は彼の過去の生活の中の断片的な経験が、彼のマンガ作品の中にどのように表現されているかの、ひびき合いとかかわりの断層をも提出してくれているから、その創造の喜びの中にも参加できるのである。たとえば夢日記の中の夢と、マンガ「アルバイト」とのかかわり、穴から出てくる小狸、「この狸うるさいな、気が散るじゃねえか」……の呼吸、鬱の中のユーモア、これがつげ義春の表現の秘密の根っ子のように見える。紙数が尽きてうまく書けなくなったが、「断片的回想記」「密航」「犯罪、空腹、宗教」などの彼の幼年記は、私にとっては汲めども尽きぬ人生教本である。

私の中の日本人——大平文一郎

私の中で日本人像はうまくかたちがととのわない。いくらかは日本人像など結びたくないと思っているからかもしれない。つまり日本人と言うときに人々が考えるかもしれない像に、先廻って私はややかたくなに或る傾きを想像しがちである。それは沸騰してきた国史の中でもみ抜かれた中でのそれのようだ。しかしその国史は日本列島全域を覆うものではないように思え、日本列島はまさしく日本列島の広さを持っているのだから、南島だって蝦夷だってあるのにと考えてしまう。私は比較的長い歳月を列島の中の南島で暮らして来た。南島の人たちは南島以北の列島の部分を奇しくもヤマトと言いならわしてきたが、そこはヤマトの国史沸騰には表面的にはかかわりがなかった。そのために南島は一見ヤマトと異なった様相の見えるところがあるが、私はその南島とそこに住む南島人にどうしてもきもちが動かされることが防げない。国史の外に埋没して見えるその部分からむしろ私には私の考える日本が見えてくるからかもしれない。南島人の存在を思うとほっとするのはなぜだろう。

ところで私はここで或るひとりの南島人のことを思い出してみようと思う。それは奄美の加計呂麻《カケロマ》島に住んでいた大平文一郎という人だ。と言っても戦争中の数か月のあいだ折りにふれて会っていたに過ぎないが。私はそのとき彼の住む加計呂麻島の押角《オシカク》という部落と、岬一つを隔てた呑之浦《ノミ》の部落はずれの海軍基地に居て、震洋艇と称した特殊兵器をかかえた部隊の指揮官をしていた。押角はそのあたりでは大きな部落であって、村役場と小学校と巡査駐在所などが置かれ、人家は百戸余りもあったろうか。私が居た部隊の員数はおよそ百八十名だったが、その隊員の食料を補給するためにも押角の部落に頼るほかはなかった事情もあって（部隊のそばの呑之浦部落には十数戸に足りぬ人家しかなかった）、部隊と押角部落のかかわりは密接にならざるを得なかった。その押角の部落の大平という家の当主から鶏卵の贈り物が届けられたのはいつの頃だったろうか。昭和十九年も末の頃か翌敗戦の年の年頭の頃ででもあったろうか。美しい墨字で書かれた巻き紙の書状に八十翁と書きしるされた（実際には八十歳にはまだだいぶ間があった）贈り主の名前を見たのだ。当時私の身の廻りを世話する従兵が軍服にかけるアイロンを借りに出入りしたことがきっかけとなったようであるが、実際に私が大平の家を訪ね、その当主父娘に会ったのは、それからかなりあとのことであった。あのあたりの民家に一般の、茅葺き分け棟の造りながら、由緒ありげな書院と呼ばれる建て物の来客用の座敷で文一郎八十翁にはじめて会った時は、何と立派な老人だろう！　と私は感嘆したのだった。口のまわりから顎のあたりにかけての白いひげ、鼻梁の高い品のよい顔立ちといい、何よりも目が大きく深く、やさしさにあふれていた。最初の印象で狷介な漢学者か識見の高い読書人だと思った私は、こんな離島のそのまた離れの草深い田舎に住む老人とはどうしても思えなかった。読書人は田舎に住まぬと考えるのもおかしなことだけれど、田舎の土臭さが少しも感じられずにびっくりしたのだった。そして娘を呼ぶときの愛情にあふれた静かな声音にいっそう驚きを深くした。自分の娘をこんなにやさしく呼ぶ父親の声をきいたことがない、とそのとき私は思った。ややからだを斜めうしろに向けた彼が、ボーイ、ボーイと静かにゆっくりと奥の方に呼びかけると、渡り廊下でつながった別棟の中家をはさんだ遠くのトーグラ（台所の棟）のあたりから彼の娘がしめった足音をたてて近づいて来るのがわかった。愛情をあんなにかくさずに表わせることを私は知らなかった。しかも彼の体軀は肩幅もがっしりしていて、容貌にも老人ながら男らしいにおいがただよっていた。自分のひとり娘を男の子に見たてていつも坊、坊と呼びかけていたその調子が私には世にもやさしくきこえたのだった。

彼は中国の文物を好んでいた。或る時、彼が日本は中国についてさえいれば戦争をしなくてもいいのにと述懐したことがあった。その大胆な発想にその時の私は驚いて、ふとかつての琉球中山王国の老読書人からの意見をでもきく思いになったのだった。一度だけだけれど、つい二人が口争いのようになってしまったことがある。ルーズベルトか蔣介石が死んだら戦争が終わるのに、と言った彼の言葉尻をつかまえて、私は指導者が死んだぐらいでこの戦争は終わりはしません、と言い返したのだった。珍らしく彼は自分の考えを固執した。戦争がいやでたまらぬように見受けられた。すっかり痩せて老いがあらわになっていた。小学校でおこなわれた或る祝日の式典に彼が羽織り袴で出席したのはつい近い過去でしかなかった。その時珍らしく頰や顎のひげを剃り落とし、太身の杖をついて袴の裾さばきも軽々と歩いて来た彼は、ちょっと壮士のように若々しく見えていたのに。

無条件降伏という思わぬ結末で戦争が終わり、解員のために呑之浦の基地を去らなければならなくなった時、私は彼にその娘と結婚したい意志を告げ承諾を乞うたのであった。彼は実に快く受け入れてくれた。彼の妻は一年ほど前に死亡し娘とふたりだけの生活をしていたのだから、娘がよそに嫁いでしまえば彼は島に取り残されてたったひとりの生活を送らなければならないことはあきらかであったのに。

昭和二十一年の早春に私たちは神戸で結婚式を挙げたが、不幸なことにその直前に奄美八島は日本の行政から分離させられてしまった。その結果行き来が容易ではなくなり、そのまま私も妻も、彼とふたたび会い会う機会を失った。やがて文通が辛うじて可能となり消息はお互いに知らせ合っていたのだが、彼は夫婦養子を迎えて身辺の世話をまかせはしたものの、思いは嫁いだ娘へと傾き、子どもができずに帰されはしないかと心底から心配していたようであった。私たちの長男が生まれた通知が届いたときの喜びようといったらなかったとあとで聞いたことがあった。娘と孫の写真をいつも枕許にかざりつけ、それを懐にしてあてもなく部落うちを歩く姿が見かけられるようになってほどなくして、彼は衰弱して死んでしまったのだった。

私の妻はその父と母について私にはとても想像もつかぬほどの思慕の情を寄せてきた。思慕と言っても適切ではなく、まるで半ばは自分の片身に対する没入のような具合いにであった。子どもが生まれてそちらにきもちが傾くまではジュウとアンマ（島の方言で父と母）の思い出を語ってはさめざめと泣かぬ日とてなかった。それとても、私にはふしぎなことばかり、離島の片隅でおそくまで残っていた封建感情にまぶされた昔気質な習俗が（その中では小王国下で育った南島人のおおらかな生活感情も横溢させて）、生きた化石のように展開されていたのだが、中でも妻がジュウからもアンマからも一度も叱られた記憶がないなどときかされても、急にはそのままに受けとることがためらわれたほどであった。私はその晩年をほんのちらっと垣間見ただけの感受だけれども、大平文一郎の中にはヤマトの日本人には見受けることの少ない思いや考えがひそんでいたと思えて仕方がない。或いは独特のやさしさ、と言っていいかもしれない。「ボーイ、ボーイ、タイチョウサンガ、オカワリノゴショモウダヨ」とどこまでもやわらかい、しかし男くさい声でトーグラに居る娘に呼びかけていた声が、そのとき聞き流していたよりももっと深い味わいが加わりまさって甦ってくる。彼は娘が私と結婚することについては、彼女の選択を全く疑わずに支えた。ジュウのことが心残りで結婚を思いとどまるようなら、切腹してでも叶えさせたいとまで言って励ましたのだった。その言葉には娘を信ずるすさまじいやさしさのようなものをさえ私は感ずる。妻が語る彼女の父についての意表外の挿話は、とてもここで書きつくすことはできないが、それを集成すればおそらく私にとってほかに見かけたことのない一日本列島人の像があらわれてくるのではなかろうか。

　しかし残念なことに正確なことを私は多くを知らないのである。妻が父は漢文で日記をつけていたというが、今はそれがどこでどうなっているのかもわからない。大平文一郎という名前もヤマト的で南島の旧来のものではない。若いときは峰文一郎と名のっていたというがその間の事情もわからない。墓石の先祖の名前には前禎《マエテイ》、前宗《マエムネ》、貞見《サダミ》、貞富《サダトミ》などという文字を読むことができる。周辺からは若い時には文主《ブンシュ》、当主となってからはウィンジュと呼ばれていた。奄美大島にも伝習所が開設されたときは六歳だったのに、スミスリベ（墨磨り係）をつれ、六人の若者に板付け舟を漕がせて伝習所のある向かい島に通ったという。その後鹿児島、熊本、長崎で勉学を重ね京都の同志社に学んだ。一時名瀬の島庁につとめたが、ひとりきりの母の達ての願いをききいれて郷里に帰り、ずっと戸長や村長をつとめていた。当初は二十五歳であった。大事業家に夢を抱き、ノールウェイ人の砲手などを雇って捕鯨会社を作ったり、或いは鰹船を持ち、志摩の技術者を招いて真珠の養殖なども試み、また楠を植林して樟脳を作ろうとしたり、枕木を輸出する仕事にも手をそめロシヤに渡ったりしたが、成功しなかった。いずれも奄美大島では先駆的な事業であった。成功の暁には養老院と孤児院をヤマトの各地に造りたいと言っていたそうだ。私の妻が物心ついた頃には、真珠養殖の施設がなお少し残ってはいたが、彼は実利の仕事からすべて手を引いて毎日を読書と書の手すさびで過ごし、広い庭を百花園と名づけ、毎日百種類の花を咲かせるのをたのしみにしていた。頼りきっていた愛妻に先立たれたあとの娘と二人きりの静かな充足したその生活をしかし戦争の通過が様相をがらりと変えてしまった。

記憶と感情の中へ

茅ヶ崎にて

茅ヶ崎に移り住んで五年を超えます。茅ヶ崎に来る前には鹿児島の近くの指宿に二年、そしてその前には奄美に二十年住んでいました。奄美を出ることになったのは、家族の者に島の暮らしじゃなく、都会の暮らしがしたいという気持ちが強かったからです。或いは僕一人なら動かなかったかもわからない。さて、それでは何処に行こうかということになって、はたと迷ってしまった。昔居たことのある神戸、東京近辺、両親の郷里である福島県の相馬と、幾つか候補地を挙げてみてもなかなか決まらない。とりあえずいろいろと縁故のある鹿児島がいいのじゃないかとまず指宿に落ち着きました。

家族たちがかねて東京で写真の勉強をしていた息子と一緒に暮らしたがっていたものですから、指宿に移ってからも首都圏で適当なところはないかと考えていました。僕は横浜生まれで小学校二年まで居ましたから何といっても懐しく、その辺りを捜させていたところ、茅ヶ崎にたまたま適当な家があったのでした。

そんなにあちこち知っているわけではないけれども、今まで実際に見たり住んだりしてきた町の中では那覇が一番好きですね。その次に長崎、そして神戸。気がついてみれば皆港町なのですね。別に意識したのではないのですが、毎年冬は避寒に那覇に行くことにしているのです。今年も行く予定でいます。仕事は持っていかないようにしている（笑）。地図を持って那覇の町の細い路地などを歩く。あの町はちょっと路地に入るとどこに出てくるかわからない、迷路のような感じがあるのです。三角形を集めてくっつけたような町の構造になっている。つまり京都のように道がそれぞれ平行、直角に布置されているのではなく、そう見えていても一旦足を踏み入れると方向感覚を狂わされ、とんでもないところに迷い込んでしまうのです。那覇の町はごたごたしているという人もいますが、僕は好きですねえ。歩いていてぱっと眼の前の視界が開け、例えば下方に広がる谷間の町を通して向こうの丘に並ぶ家が見えたりする。白い家が重なり合っています。山の傾斜に家がびっしりくっついているという形が何だか好きですね。どこでそういう嗜好ができたのか。そういえば神戸もそうだったし、長崎にも同じような面がありますからね。

そうした町に比べると、今住んでいる茅ヶ崎は町が開けたのが最近ということもあるのか、集約的な部分が少ないのです。何か拡散していて町のイメージを捉えにくい。東海道線の沿線だから街道筋に町が横に細長くくっついている。僕が今まで生活してきた町の形態ではなかったものですから、馴染みが少なくて。散歩するにも歩いていくと、折り返してまた同じ道を戻ってこなくちゃいけないのですから（笑）。茅ヶ崎に移って以来あちこちに書いてきた文章が今度単行本にまとめられます（『過ぎゆく時の中で』三月、新潮社刊)。こうしてみると、茅ヶ崎も僕の中に影を落してきました。

でもこの茅ヶ崎からもやがて引っ越さなくちゃいけないと思っています。一つの場所にとどまっていると血が鬱《ふさ》いでくるのです。それと、今の家は借家なのでいつまでも居るわけにはいかない。ただ借家が一番軽くていいですね。嫌になれば、すぐ出られる。次に移り住むにしても東北は駄目です。寒さには弱くなりました。冷たい空気に触れると頭ががんがん痛くなってくる。すぐに汗をかくのだけど、またすぐ寒くなって、調節が難しいのです。皮膚が過敏なのか、病気というほどではないので、自分で「皮膚感覚症候群」なんて勝手に呼んでいるのだけれど(笑)。

一人なら、すぐ沖縄に移っちゃいます。僕自身には東北の血が流れている筈なのに、どうして南島に惹かれるのかわからないです。ただ漠然とした捉え方でしかないけれど、東北と南島とは似ているという印象が僕には強い。いろんな点で違ってはいても、日本を北・真ん中・南と分けて考えると、真ん中の部分を飛び越して北と南とが似ている気がします。

ヤポネシアの視点

僕はヤポネシアという言葉を組立てましたが、どうしてその発想が出たかというと、普通われわれが口にする「日本」には沖縄を中心とした南島が欠落しているのですね。少なくとも僕はそう感じ続けてきた。自分が南島に住むようになった時に、ここはどういうところなんだろうという関心が湧いてきました。所謂日本的な部分と、日本的でない、つまり本土と似ていない部分の両方の要素を共有しているのがわかった。日本的でない部分も、それでは周辺のどこかに源となる場所があるかというと、ないのです。とすれば日本ではないと感じた部分もやはり日本であるとしか言いようがない。一般に日本人が限定している「日本」の枠をはみ出たもう一つの「日本」があると考えるしか仕方がない。その両方の「日本」を一緒に視野に収める確かな見方が今までなかったような気がします。

そうした視点で日本を考えるとき、「日本」という名称で呼ぶのはどうしても南島を除外した従来の「日本」に傾いてしまうから、違う呼び方はないものかと考えました。例えばミクロネシアとかポリネシアってあるでしょう。ヤポニアのネシアでヤポネシアがいいのじゃないかと思ったのでした。もう一つ、われわれは余りに大陸ばかり意識して生きてきたのじゃないかという反省もあります。大きなものに対する憧れとコンプレックス、日本の歴史をみるとその繰り返しに思えてならない。だから自分たちの精神をもっと根っ子の方に向けて解放してやるためにもヤポネシアと言ってみてはどうだろうか、ということだったのです。

ヤポネシアを真ん中、北、そして南と大きく三つの部分に分けてみます。昔の名で呼べば倭、蝦夷、それに南島の三つ。日本史では真ん中の倭だけを日本としていて、その視点だけで歴史は語られてきました。ヤポネシアとは、蝦夷と倭と南島の三つの混合であり、三つが入り混じった共通体験じゃないのかな。僕自身の解放を求めてそういう考え方をしてきたのだけれども、そうすると日本を拡がりを持ったもう一つの面から見ることができるのじゃないですか。

夢の効用

自己を解き放つといえば、僕はどうしても夢の問題に触れないわけにはいかないでしょう。かと言って、あらためて問われてもわからないとしか答えられないのですが。人間の肉体を物質的につきつめてゆくと、一番もとの基本単位になりますね。それは宇宙、いやもっと狭くしても地球を構成している物質を最小単位までつきつめていったものと同じなんだそうです。人間は宇宙の中に包み込まれているものでしょう。宇宙を構成する一要素という点で繋がりがある。宇宙にしろ地球にしろ悠久の時間を重ねてきて、様々な体験をしています。人間も同じ体験を共有していると思うのですよ。自分一個が生命を受けてから以降の記憶だけではなくて、先祖からずっと伝えられてきた経験が、覚醒している間はひっそりと隠れていて、夢の中に伸びやかに現われてくるのじゃないかと考えてみたい。

一晩の眠りでも夢はたくさん見ますが、覚えているのはごく僅かでしょう。覚えている夢にしたって記録するなんて容易ではない。記録した途端に夢は違うものになってしまいますから。ただ、記述する行為を一つの手掛りとして、普通では捕まえられない経験を手に入れられるのじゃないか、と秘かに期待してはいます。個人の現《うつつ》としての体験は非常に限られていて、それだけでは狭い空間の中で窒息しそうな日々をおくらなければならない。夢を通じて過去の広い体験と繋がることができれば、とそう思い描くだけでも、かなり自分が解放されるように感じます。

これが文学上の夢になると、ちょっとニュアンスが違います。現と夢との区別は僕には必要ではない。夢でみたことも、その日現で体験したことも同じようなものです。夢を小説にする場合、僕は「これは夢ですよ」と露わにすることをどこかで外すような書き方をしてきました。夢か現か判然としないように書く方法を、しかしそれほど意識してとっていたのではなかった。夢というのは面白いものではないですから、人の夢の話聞いたってちっとも面白くない（笑）。だから夢を小説のモチーフとすることには、ずっといかがわしさがつきまとっていました。夢と現とは違うという意識を長いこと振りはらえないでいたのですが、次第に一緒じゃないかという気分が募ってきましたね。

書く行為

現在「新潮」に断続的に書いている連作小説は、完結すれば『魚雷艇学生』という題で括ることになります。昭和五十四年一月号に発表した「誘導振」に始まって「擦過傷」「踵の腫れ」「湾内の入江で」、そして今度載せるもので五作目。おそらくこの後一、二篇で完結すると思います。僕は昭和十八年の十月に第三期の海軍兵科予備学生として採用され、訓練のため旅順に渡りました。その後横須賀の海軍水雷学校や大村湾沿いにある川棚の魚雷艇訓練所を経て、任地の奄美に行くまでが素材になっています。

この連作の背景には戦争や軍隊の影が当然顔をのぞかせますが、だからといって〈戦争文学〉と言っていいのかどうか。例えば〈病妻小説〉などと言われる『死の棘』も『魚雷艇学生』と同じ姿勢で書いています。僕は架空の物語を作り上げることは殆んどしないで、もっぱら自分の体験を捕まえ、切り取っては書いてきました。何が私小説であるかの定義づけはともかくとして、大雑把に言えば私小説を書いてきたと思っています。物語を作るということが苦手なのです。いや、嫌いであると言ってもいい。どんなに奇想天外な話であったり、巧みな構成で仕立てられていても、作られた話には興味をそそられないし、読んでも面白くない。もっとも自分の小説とて面白くないですが。

僕の小説では自分の体験を振り返ることが起点になっています。それも単に過去だけを確認するのじゃない。過去の記憶を見返す僕の視点は現在のものですから、作為が加わります。当時の感情と記憶を甦らせている今の感情とを交錯させながら書いている以上、必ずしも当時のままの再現や記録にはなりません。そうした方法を僕が用いるのは、今現在の自分を確かめていたい欲求が根にあるからなのでしょうね。

『死の棘』を完結させた後、書くことが大変な苦痛になったのでした。これから何を書けばいいのか。書くべき題材が見つからない状態にあるうちに、小説にするには単調だったために手をつけないでいた海軍予備学生の頃を現在の自分に照らし合わせつつ思い出してみたい気持ちになってきた。

同じ戦争の時期でも、訓練終了後奄美で特攻隊として出撃命令を待っていた日々のことは、もう大分前から書いています。やはり連作で昭和二十四年の「出孤島記」以後「出発は遂に訪れず」「その夏の今は」と間隔をあけながらも書き継いできました。最後に敗戦後復員する前後をもう一作で書きたいのですが、なかなか果たせないでいます。それらができあがると、「誘導振」に始まる海軍予備学生の頃から特攻隊時代、そして復員まで、時期的には僕にとっての戦争はすべておさえたことになる。

いま一つ、僕には暫くの間身を委ねてみたいテーマがあります。僕が所属していた震洋特攻隊はおよそ百十余隊あったらしいのですが、かなり広い地域にわたって配置されていました。国外ではフィリピン、ボルネオを初め台湾、中国沿岸、済州島に、国内では南は南西諸島からずっと九州、四国と北上し、北端は宮城県にまで及んでいます。震洋というのは全長五メートル程の一人乗りモーターボートで、二百五十キロの炸薬を装塡して敵艦に体当たりするのです。震洋艇を日常隠しておくために大抵の基地では横穴を掘っていた。戦後四十年近くになる今でもその横穴が各地に残っているのです。崩れ落ちて面影をとどめないものもあるし、密生した雑木雑草に覆われて所在もはっきりしないものも多い。巡礼は大袈裟ですが、横穴を捜して見て回り、自分の中に喚起される感情を書き留めてみたい。

昨年「別冊潮」に発表した「震洋の横穴」が具体的な作業の第一作目にあたります。嘗て特攻隊にいた経験と、時間と空間を隔てて震洋の横穴を眼の前にする経験を重ね合わせることで、何かしら刺激が生まれるような期待もありますね。

過去と向き合うその行為は、僕にはそのまま現在の自分を問いなおす試みになるのでしょうか。過去も今もない気持ちです。

初出一覧

偏倚　「夕刊新大阪」一九四八年六月
滑稽な位置から　「新日本文学」一九五一年五月
舟橋聖一小論　「文学界」一九五三年六月
跳び越えなければ！　「東京新聞」一九五三年一一月二八日
「沖縄」の意味するもの　「おきなわ」一九五四年一〇月
加計呂麻島　「旅」一九五五年一二月
奄美大島から　「東京新聞」夕刊　一九五五年一二月一七日、一八日
妻への祈り　「婦人公論」一九五六年五月
埴谷雄高と「死霊」　「東京大学新聞」一九五六年一一月五日、一二日
非超現実主義的な超現実主義の覚え書　「映画批評」一九五八年二月
妻への祈り・補遺　「婦人公論」一九五八年九月
ヤポネシアの根っこ　『世界教養全集』第二一巻（平凡社）月報　一九六一年一二月
死をおそれて――文学を志す人びとへ　「群像」一九六二年一二月
私の文学遍歴　「九州大学新聞」一九六四年六月一〇日～六五年九月二五日
繋りを待ちつつ　「近代文学」一九六四年八月

ニェポカラヌフ修道院　「西日本新聞」一九六五年一二月一〇日
豊島与志雄小論　『豊島与志雄著作集』第五巻（未来社）解説　一九六六年一一月
琉球弧の視点から　「サンケイ新聞」夕刊　一九六七年一月一二日
特攻隊員の生活――八・一五記念国民集会での発言　「世界」一九六七年一〇月
日本語のワルシャワ方言　「新潮」一九六八年二月
伊東静雄との通交　「季刊芸術」一九六八年四月
昔ばなしの世界　『日本の民話』第二巻（角川文庫）　一九七三年八月
うしろ向きの戦後　「世界」一九七四年七月
想像力を阻むもの　『岩波講座　文学』第二巻（岩波書店）　一九六七年一月
「つげ義春とぼく」書評　「週刊読書人」一九七六年八月二三日
私の中の日本人――大平文一郎　「波」一九七七年一月
記憶と感情の中へ　「波」一九八三年二月

著書一覧

『幼年期』 こをろ発行所 一九四三年九月
『単独旅行者』 真善美社 一九四八年一〇月
『格子の眼』 全国書房 一九四九年三月
『贋学生』 河出書房 一九五〇年一二月
『帰巣者の憂鬱』 みすず書房 一九五五年三月
『われ深きふちより』 河出書房 一九五五年一二月
『夢の中での日常』 現代社 一九五六年九月
『島の果て』 書肆パトリア 一九五七年七月
『離島の幸福・離島の不幸』 未来社 一九六〇年四月
『死の棘』 講談社一九六〇年一〇月
『島へ』 新潮社 一九六二年五月
『非超現実主義的な超現実主義の覚え書』 未来社 一九六二年六月

＊単行本及び全集・作品集等を掲載し、文庫等での再刊本、各種文学全集への再録、共著、対談、訳書は除いた。

『出発は遂に訪れず』　新潮社　一九六四年二月
『日のちぢまり』　新潮社　一九六五年一〇月
『私の文学遍歴』　未来社　一九六六年三月
『島にて』　冬樹社　一九六六年七月
『幼年期』　徳間書店　一九六七年一一月
『日を繋けて』　中央公論社　一九六八年七月
『琉球弧の視点から』　講談社　一九六九年二月
『夢の系列』　中央大学出版部　一九七一年一一月
『硝子障子のシルエット』　創樹社　一九七二年二月
『東北と奄美の昔ばなし』　詩稿社　一九七二年一〇月
『記夢志』　冥草舎　一九七三年一月
『幼年期』　弓立社　一九七三年一一月
『日本の作家』　おりじん書房　一九七四年九月
『夢のかげを求めて』　河出書房新社　一九七五年三月
『影』　伊藤満雄　一九七五年九月
『兄といもうと　遠足』　鹿鳴荘　一九七六年八月
『南島通信』　潮出版社　一九七六年九月
『日の移ろい』　中央公論社　一九七六年一一月

『死の棘』 新潮社 一九七七年九月
『名瀬だより』 農山漁村文化協会 一九七七年一〇月
『日暦抄』 鹿鳴荘 一九七七年一一月
『夢日記』 河出書房新社 一九七八年五月
『南風のさそい』 泰流社 一九七八年一二月
『日記抄』 潮出版社 一九八一年六月
『過ぎゆく時の中で』 新潮社 一九八三年三月
『忘却の底から』 晶文社 一九八三年四月
『夢屑』 講談社 一九八五年三月
『魚雷艇学生』 新潮社 一九八五年八月
『続 日の移ろい』 中央公論社 一九八六年八月
『島尾敏雄詩集』 深夜叢書社 一九八七年二月
『震洋発進』 潮出版社 一九八七年七月
『透明な時の中で』 潮出版社 一九八八年一月
『死の棘日記』 新潮社 二〇〇五年三月

＊

『島尾敏雄作品集』（全五巻） 晶文社 一九六一年七月〜六七年七月

『島尾敏雄非小説集成』（全六巻）　冬樹社　一九七三年二月〜一〇月
『島尾敏雄全集』（全一七巻）　晶文社　一九八〇年五月〜八三年一月

編集のことば

松本　昌次

「戦後文学エッセイ選」は、わたしがかつて未來社の編集者として在籍（一九五三年四月〜八三年五月）しました三十年間で、またつづく小社でその著書の刊行にあたって直接出会い、その謦咳に接し、編集にかかわらせていただいた戦後文学者十三氏の方がたのみのエッセイを選び、十三巻として刊行するものです。出版の一般的常識からすれば、いささか異例というべきですが、わたしの編集者としてのこだわりとしてご理解下さい。

ところでエッセイについてですが、『広辞苑』（岩波書店）によれば、「①随筆。自由な形式で書かれた個性的色彩の濃い散文。②試論。小論。」とあります。日本では、随筆・随想とも大方では呼ばれていますが、それは、形式にこだわらない、自由で個性的な試みに満ちた、中国の魯迅を範とする〝雑文（雑記・雑感）〟といっていいかと思います。つまり、この選集は、小説・戯曲・記録文学・評論等、幅広いジャンルで仕事をされた戦後文学者の方がたが書かれた多くのエッセイ＝〝雑文〟の中から二十数篇を選ばせていただき、各一巻に収録するものです。さまざまな形式でそれぞれに膨大な文学的・思想的仕事を残された方がたばかりですので、各巻は各著者の小さな〝個展〟といっていいかも知れません。しかしそこに実は、わたしたちが継承・発展させなければならない文学精神の貴重な遺産が散りばめられているであろうことを疑わないものです。

本選集刊行の動機が、同時代で出会い、その著書を手がけることができた各著者へのわたしの個人的な敬愛の念にあることはいうまでもありません。戦後文学の全体像からすればほんの一端に過ぎませんが、本選集の刊行をきっかけに、わたしが直接お会いしたり著書を刊行する機会を得なかった方がたをも含めての、運動としての戦後文学の新たな〝ルネサンス〟が到来することを心から願って止みません。

読者諸兄姉のご理解とご支援を切望します。

二〇〇五年六月

付記

本巻収録のエッセイ二七篇は、『島尾敏雄非小説集成』全六巻（冬樹社　一九七三年二月〜一〇月）、『島尾敏雄全集』全一七巻（晶文社　一九八〇年五月〜八三年一月）および『透明な時の中で』（潮出版社　一九八八年一月）をそれぞれ底本としました。

本巻の編集・校正及び初出・著作一覧等、万般にわたり、中尾務氏にひとかたならぬお力添えをいただきました。末尾ながら記して深い謝意を表します。

島尾敏雄《しまおとしお》（1917年４月～1986年11月）

島尾敏雄 集《しまおとしおしゅう》
――戦後文学エッセイ選10
2007年９月20日　初版第１刷

著　者　島尾敏雄《しまおとしお》
発行所　株式会社　影書房
発行者　松本昌次
〒114-0015　東京都北区中里3-4-5
ヒルサイドハウス101
電　話　03（5907）6755
ＦＡＸ　03（5907）6756
E-mail : kageshobou@md.neweb.ne.jp
http://www.kageshobo.co.jp/
〒振替　00170-4-85078
本文・装本印刷＝新栄堂
製本＝美行製本

定価　2,200円＋税
（全13巻・第10回配本）
ISBN978-4-87714-373-2